集英社オレンジ文庫

# カイタン

怪談師りん

最東対地

本書は書き下ろしです。

CONTENTS

CHARACTERS
戸鳴りん
Rin Tonari
神隠しに遭って消えた妹を探す高校生。
通称「キタロー系女子」。
格闘ゲームの達人。
真加部丹葉
Tanba Makabe
りんの5歳上の幼馴染みの大学生。
あらゆる霊を呼び寄せてしまう
スーパー霊感体質。

馬代融
Tooru Mashiro
「怪を極めし者」と称される
カリスマ怪談師。
怪談事務所「カイタン」を運営している。
病TAROH
Yamitaroh
怪談イベントなどを行う
666(ダミアン)カフェの店長。
融の友人で重度のホラー映画フリーク。

イラスト／河下水希

# カイタン
## 怪談師りん

ねえ、聞いて。

その前に……部屋に誰もいないよね、よかった。

あのね、今とっても怖いことがあったの。

学校の帰りに巳鏡(みかがみ)神社で変なお坊さんに会ったんだ。

三角の大きな笠で顔が見えなくて、格好もぼろぼろだった。でもね、お坊さんの周りにはいっぱい子供がいたから気になって近づいてみたの。

そしたら、お坊さんはみんなにお話をしてたんだ。

〝怖い話〟だった。

格好は気持ち悪いのに、お坊さんのお話はとても怖くて面白くて、私もついつい聞いちゃってた。

【怪談】っていうんだって。

お坊さんはいくつも怪談を語ってくれて、私は夢中になって聞いてた。

気づいたらいっぱいいいた子供たちはみんないなくなっていて、怪談を聞いていたのは私ひとりになっていたんだ。

「帰らなきゃ」

私が言うと、お坊さんは「じゃあ最後にこの話を聞いていくといい」と言って、また怪談を話しはじめた。

聞かないで帰ろうと思ったんだけど、話がはじまると気になって、つい聞いちゃったんだ。

でもね、お坊さんの話はこれまでの怪談とはちょっと違う感じだった。

『【シャバネ】を知っているかな』

お坊さんが言ったことはとても難しくて、私には覚えられなかった。

ただ、話すな。聞かせるな。って。

もしも約束を破ったらその【シャバネ】から怖いのが私を攫いにくるって。

だけどお坊さんは安心しろって言った。

そうだ、これ見て。

お坊さんがくれたんだ。こんなボロッちぃのなんていらないって言ったんだけど、「これがお前を守ってくれる」って言って無理矢理押しつけられた。しょうがないから持って帰ってきたんだけど……ほら、これ。

手鏡。

でね、お坊さん……この手鏡を私にくれたらいなくなっちゃったんだ。

今まで目の前にいたのに、音もなくふっといなくなった。

私、急に怖くなって走って帰ってきたんだ。

もしかして【シャバネ】に連れていかれるかもしれない、二度と家に帰れないかもしれない、って思ったけど……安心した。

ちゃんと帰ってこれたから。パパとママにもう会えなかったらどうしようって思ったんだ。本当に怖かった。

『話したな』

えっ！

声がした。この部屋には私たちしかいないよね。

『聞かせたな』

誰もいないはずの私の部屋で、どこからか声がする。

この声は……お坊さんの声だ！　ち、ちがうの、これは……。

『言い訳はいい。もう手遅れだ』

急に手鏡がすごく熱くなって、私は放り投げてしまった。

そして、下向きに伏せられていた手鏡が私の見ている前で勝手に起き上がった。手鏡から手がでてきて……次に手首……肘……肩……。

きゃあああっ！

なにが起こっているのか見守っている余裕なんかない。私は手鏡から逃げようとドアに走った。

『攫いにきたぞ。お前をこの世から』

後ろでどんっ、と足音がした。

しゃん、と錫杖の音もする。

『別れを言え』

足音がどんっ、どんっ、と近づいてくる。怖くて後ろが見られない。

ママ！　助けてママ……パパぁ！

ドアが開かない！　なんで、鍵なんかかけてないのに！

『さあ、この世に別れを言え』

厭ぁ！　やめて、引っ張らないで、誰か……誰かぁ！

体が浮き上がる。力いっぱいにドアノブを握っていたのに、私は簡単に引き剝がされてしまった。

「誰か助けて！」

金縛りで動けず、声もだせなかった私が再び言葉を発した時、部屋には誰もいなかった。

「……えつ！」

目の前で妹が攫われるのを見ていることしかできなかったのだ。

えつは消えた。

えつのいなくなってしまった部屋で私は呆然と立ち尽くしていた。

いつもと変わらない日常の中、妹だけがいなくなった。

それから私とえつの時間は止まったままだ。

# りんと丹葉と馬代融

# 1

高校二年の夏休み。

わけあって私たちは、『万年筆』という怪談噺の舞台になった廃墟……旧北濱旅館にきていた。

脳裏に【〇〇高校に通う二年生、戸鳴りんさん（十七）の行方がわかっていない】と自分の名が躍る新聞記事が浮かぶ。山で失踪するなんて御免だ。

キタロー系女子とクラスで揶揄われる私は、身長一五〇センチを切るチビな上に、痩せぎすの体形。おまけに真っ黒な髪は常に片目を隠し、服は黒しか持っていない。今日も元気に真っ黒だった。これでタイガースカラーのベストでも着ていたら完璧だ。自分でもそう思えるほど、確かに外見はキタローっぽかった。

性格も社交的ではなく当然のように友達も少ない。ちっとも面白みのない女子高生なのである。

そんな私が、馬代融という怪談バカに言われるがまま旧北濱旅館へやってきた。

なにを隠そう、怪談『万年筆』はその馬代融が語った噺だ。そして私たちが初めて彼に触れた怪談でもある。

想像していた以上に旧北濱旅館は朽ちていた。中に入っていいようには思えない。

当たり前のように窓枠にはガラスはなく、屋根は今にも崩れそうだ。ベスト・オブ・廃墟という佇(たたず)まいだ。

見るからに朽ち果て、骸骨(がいこつ)のような灰色の外観はくるものすべてを拒むような凄(すご)みがあった。近づくほどに異様さは増し、澱(よど)んだ空気が風に乗ってカビの臭いを運んでくる。

くるんじゃなかった。

猛烈な後悔が襲う。昼間だというのに旅館の周囲はどんよりとくすんでいるように見えた。何者をも寄せつけない、邪悪な瘴気(しょうき)が漂っている……気がする。

近寄りがたい迫力を放ち、旧北濱旅館はそびえたっている。

「師匠、あの話の続きっすけど」

私を師匠と呼ぶ男、真加部(まかべ)丹葉がバイクにまたがったまま見上げた。

丹葉(たんば)は短く刈り上げた銀髪に褐色の焼けた肌がよく似合う大学四年。私よりも五つ歳(とし)上の幼馴染(おさななじ)みだ。がっちりした体躯(たいく)で見たまんまの体育会系の空手男子。

『師匠』と呼ぶなと何度も言ったが、丹葉は聞く耳を持たない。格闘ゲームが強いから『師匠』だなんて恥ずかしくて誰にも言えなかった。弱いのは丹葉の努力が足りないだけだ。師と呼ばれる筋合いはないが、丹葉は頑固だ。冗談で呼んでいるつもりじゃないのだから余計に質が悪い。

　傍から見れば師弟関係は真逆に見えるはず。呼び方を戻させようにも今さらタイミングを失ってしまった。

「馬代の話だとここが廃業したのは平成に入ってすぐみたいですね。営業していた頃からすでに『幽霊がでる旅館』として界隈じゃ有名だったみたいす」

　馬代融は私たちをここへけしかけた張本人であり、『万年筆』を語った怪談師でもある。わけあって、私たちは彼の言うことを聞かざるを得ない状況だった。

「聞きたくないけど……やっぱり曰くがあるってことだよね」

「そうっすね。発端になった事件が起こってます。ええっと、昭和四〇年にこの旅館の仲居が客と無理心中してます」

　スマホを見ながら飄々と言っているが、丹葉の顔は青い。

「無理心中……仲居さんが先に客の人を殺したの？」

「そうっす。なんでもこの旅館に入り浸っていた作家と恋仲になったんすけど、バレて本妻が乗り込んできて大変だったみたいっすね。不倫とわかっていて交際していたんすけど、それでも仲居は作家が自分を選んでくれると信じていたんす」

「でも作家は本妻のもとへ戻った、ってこと？」

丹葉はうなずき、バイクのスタンドを立てた。

「仲居はその件で旅館をクビになってます。しばらくして作家の家まで行った仲居は『最後に一度だけ』とかなんとか言って作家を連れだすと、顔を隠して旅館に一泊しました。そこで寝ている作家をめった刺しにして殺し、自分も首を切って死んだらしいです。惨劇のあとの客室は血まみれで見れたもんじゃなかったって話です」

「よくこの場所でそこまで詳細な話できるよね」

私は旅館を見上げた。どこかの窓から仲居がじっと見つめているようで、すぐに顔を逸らす。

「仲居は旅館の女将や仲間に宛てて、呪詛の言葉を書き連ねた遺書を書き残し、作家と逢瀬を重ねた部屋を死に場所に選んだんですね。馬代の怪談にでてくる万年筆っていうのは仲居が肌身離さず持っていた作家の持ち物らしいっす」

「そう……」

それ以上話す気にはなれなかった。足が震える。

「そんで師匠。本当に入るんすか」

丹葉が念を押す。

「当たり前だよ。なにしにきたと思ってるの」

「なにしにきたって……そりゃあ」

　旧北濱旅館を見上げたまま丹葉は深呼吸をし、気持ちを整える。彼の体質を考えれば気が進まないのはうなずける。というより、私ならば絶対に断っていることだろう。

「いいんだよ。無理に付き合わなくても」

「無理になんて誰が言ってんすか。俺は好きで付き合ってんですよ。勘違いしないでください」

　決して強がりではない凛（りん）とした口調に私は少なからず安心した。

　小さなリュックの中を手触りで確かめる。ちゃんと手鏡は持ってきている……。いざとなった時の備えは万全だ。

「それにしても夏休みをこんなことに時間潰していいんすか？　勿体（もったい）ないすよ」

「余計なお世話だよ。ここで待ってる？」

　冗談、と丹葉は笑うとバイクから降り、脱いだヘルメットをシートに置いた。

「師匠は一応ヘルメットしておいてくださいよ。そのほうが安全だし」

　丹葉のバイクに乗ってやってきた私はヘルメットをかぶったままだった。丹葉に揶揄われているような気がして脱ぎたくなったが、ここは言うことを聞いておこうと思い直す。

この先が危険なことは確かだ。

「今日も真っ黒すね。さすがブレないっていうか」

丹葉が私の黒一色の格好をまじまじと見て苦笑した。

「黒しか持ってないんだから仕方ないでしょ」

こんなところでそれ着たら喪服すよ、と丹葉は笑う。彼なりの緊張のほぐし方だ。強張(こわば)ったままの顔で丹葉を見つめた。

丹葉は無言でうなずく。

「行きましょう」

返事の代わりに生唾(つば)を飲み込む。

『私有地につき立ち入り禁止』の立て看板をよけ、腰ほどの高さのフェンスをまたいだ。今警察がくれば面倒なことになるだろう。それでも私たちは進むしかない。ここで引き返すことはできない。

きてみると、霊感が全くない私にもはっきりとわかる異界感。足を踏み入れるだけで常に誰かに見張られているような緊張感があった。

「大丈夫すよ、俺がついてますから」

やせ我慢か男気か、どちらにせよ心強い言葉だ。

だが悪い方向での確かなことがある。残念ながら、このあと『必ずなにかがある』ということだ。

「もしかしたらその曰くそのものが嘘かもしれませんし」

「そっか。幽霊がでる原因さえなければでるわけないもんね」

そんなわけはない。わかっていて互いに軽口を叩き合った。

私たちは矛盾を抱えている。もちろん、幽霊になど遭遇したくはない。誰だって怖い思いはしたくない。

だが幽霊にでてきてもらわねばここまできた意味がないのだ。

鬱蒼と生い茂った雑草を踏み、進む。湿った土の匂いがむわりと鼻先に漂った。

旧北濱旅館の門が現れる——が、もはや門の役割をなしていなかった。小さな瓦屋根の門は、在りし日は立派な門構えだったことを窺わせる。だが今は瓦のほとんどは地面に割れて散らばっている。頑丈だったはずの門の扉も時間の経過と来訪者の狼藉でぼろぼろで、開けなくとも大きく崩れている。扉の奥は本館へ続いている。

庭園は見る影もなく朽ち果てていた。頭が崩れた石燈籠と黒ずんだ緑色の水の張った池だけがその名残を辛うじてとどめている。

石畳の隙間から雑草が生え、大きな自然がこの廃墟を時間をかけて飲み込もうとしているのがありありとわかる。そして私たちは、わざわざ自分からその廃墟に飲み込まれようというのだ。我ながら正気の沙汰ではない。

玄関のガラスは一枚たりとも残さず割られ、地面にはガラスの破片が散乱している。そのせいで一歩踏みだすたびにじゃり、と音が鳴った。

だが実際に内部に入ってみると、その不快な足音でさえ歓迎したくなるほどの不穏で不気味な空間が広がっていた。

「明治三十五年創業……すげぇ古いんすね」

「うん……やっぱり見るからに年季入ってるっていうか……」

チン、と冷えた空気の旅館の内部は荒れていた。床の赤い絨毯はあちこち破れ、めくれあがっている。在りし日には記帳の客や一息つく客でにぎわっただろうフロントとロビーは当時の名残を感じさせつつも、死んだように静まり返っている。

「仲居の女が死んだっていう部屋はどこすか」

「ちょ、ちょっと待って」

馬代からもらった間取りの画像をスマホで見つめながら、悪戦苦闘する私に丹葉が呆れた様子で「ほら、指二本をみゅーんって広げるんすよ」と助言した。

「わ、できた」

ズームした間取りを参考に私は左側を指した。

「あそこの奥に階段があって、そこを上ると例の部屋があるみたい」

仲居の女と作家が死んだ。順調に客足を伸ばしていた旧北濱旅館の人気は、それ以降次第に伸び悩むようになる。些細なことで頻繁にクレームがつくようになり、急な退職者が相次いだ。人手不足になるとサービスや料理の質も落ち、急激に客足が遠のいた。それでもしぶとく昭和の時代を乗りきるが、平成になってすぐ力尽きたように旅館は廃業する。主を失った旅館は廃墟となり、新たな噂が流布されるようになった。それが『万年筆』の怪談だ。

わざわざ幽霊に会いに行こうとするとは、我ながら愚かしいと思う。

間取りの通り進むと確かに階段があった。ここまで奥にくると外の光もほぼ入らず、かなり暗い。追い打ちをかけるように階段のいたるところが腐って抜けている。一歩踏み外せばたちまち大怪我だ。

「ヘルメットかぶってきてよかったでしょ」

「私がこれから転げ落ちるみたいな言い方しないで」

さーせんす、と軽口を叩き、丹葉は慎重に階段を上ってゆく。二、三段上がったところで手を差し伸べてきた。

「危ないんで、摑んでてください」

「え、そんなの……」

「危ないんで」

丹葉と手を繋ぐことに一瞬照れたが、真剣な声音に慌てて手を摑む。

「すみません師匠」

「え、なに」

「もう俺、ビリビリきてるっす」

息を呑んだ。丹葉は仲居の霊がでる部屋に着く前から、その存在を感じているという。

私は一切なにも感じない。

だが繋いだ手から伝わってくるのは震えではなく握る強さ。正直、痛いくらいだが、ここで私が手を放せばどこかへ行ったまま帰ってこなくなってしまうような気がした。

丹葉は果敢に挑もうとしているのだ。そのくらい耐えなければ。

「師匠」

ふと呼ばれた声に顔を見上げた。階段の上、登りきったそこに明らかに種類の違う影があった。室内が暗いから、とかそういった曖昧なものではない。そこだけぽっかりと穴が空いてしまったような完全な暗黒。闇だ。

それがゆらゆらと揺れたままじっと佇んでいる。まるで私たちを見下ろしているように思えた。

「もしかして……見てる？」

「師匠にはどんな風にあれが見えてるっすか」

「どうって、真っ暗な影みたいな」

よかった、と丹葉はつぶやいた。だがその声は緊張している。

「あれはヤバイっす。これ以上行くとどんな目に遭うかわかったもんじゃないすね」

「……丹葉にはどう見えているの」

「そうっすね、ほとんどバケモンす」

バケモノ？　仲居さんじゃなくて？　と訊き返した私に、丹葉はアレから目を逸らさずに一歩ずつ階段を下りるよう言った。つまり、後ろ向きで、だ。

「目を逸らすと襲いかかってくるっすよ。危険すけど、怪我で済むほうがまだマシって感じすかね」

掌から水滴が落ちた。これは丹葉のかいた汗だ。気づくと丹葉の手は、川にでも飛び込んできたのかと思うほどにびしょびしょだった。

「たぶん、最初は人間の形だったんじゃないすかね。でもここで長い間、地縛霊としていつくようになって、様々な動物霊を取り込んでしまったんす。今じゃ男か女かわからない……いや、それどころかなんの生き物かわからない姿になってますよ。力というか、強さ自体は見た目ほどじゃないすけど自我を失くしてそうなのでいつ襲ってくるか……」

丹葉のたとえに、私は山中で熊と遭遇した時のようなイメージを浮かべた。

「わかった。とにかく、ゆっくり下りれば……」

カラン、と何かを踏み、足元が滑る。足の底から床が消え、視界が反転する。

――しまっ……。

私が蹴り上げたらしいなにかが宙を飛んだ。これは――万年筆？

「師匠！」

私は丹葉を巻き込んで盛大に転がり落ちた。

「いったあ！」

幸い、転んだのは階段の三段目付近だったため大事には至らなかった。痛打した背中を擦(さす)り、顔を歪ませる。

ぐいっ、と体が浮いた。死んで魂(たましい)が抜けたかと錯覚したが違う。丹葉が私を抱き上げたのだ。

「ここからでましょう！　しっかり俺に掴まっててください師匠！」

「う、うん！」

丹葉が私を抱きかかえたまま走る。まるで映画のワンシーンのようだった。

ガラガラと激しい音が今いた階段のほうから鳴り響く。階段の上にいたはずの黒い影が角からぬぼっ、と覗き込んできた。追いかけてきている！

「私が目を逸らしたから！」

「事故っす！　誰も悪くない！」

「でも……」

「怪我に障(さわ)るんで喋(しゃべ)んないでください！」

丹葉が走るたびに身体(からだ)が揺れる。だがなかなか外にでない。

人ひとり抱えていても玄関までそうかからないはずだ。

「くっそ！　全然でられねえ！」

丹葉の苦しそうな横顔を見上げ、悟った。私たちは今、『怪異』に直面している。

『%@※◆Ω！』

人のものでも獣(けもの)のものでもない、人語でも咆哮(ほうこう)でもない、禍々(まがまが)しい声をあげて黒い影が追いかけてくる。べたん、べたん、べたん、と裸足(はだし)で床を踏みしめる足音が近づいてくる。

「丹葉ぁ！」

「心配ないから、ちょっと黙ってろっす！」

丹葉の口調が崩れ、彼もまた余裕がないことを窺わせる。長いトンネルの中を走っているようで、全然玄関にたどりつく気配がない。

「ごめん……丹葉……えっ……」

「謝ったらフラグが立つだろ！　やめろっす！」

『%@※◆Ω！』

さらに大きく近くなる叫び。

迫りくる死の声。怖い。見えないから怖い。はっきりと視えない。なのにくっきりとした影だけが意味不明の奇声をあげて距離を縮めてくる。

丹葉はこんな恐ろしいものと日常的に関わっているのか。こんなにも簡単に私の心は折れそうになる。だが諦めてしまってはすべてが終わりだ。いくらなんでも丹葉に全部を託す、などという薄情で愚かなことは許されない。

なによりも私が私を許せない。それだけは絶対にダメだ。

「いつになったらここからでられるんだ！」

走る丹葉が叫ぶ。顔には焦りが浮かび、息も上がってきている。このままだと共倒れになるのは時間の問題だ。

「私を置いて逃げて！」

「寝言は寝て言えっす！」

やっぱりそう言うよね、と私は目を閉じた。下ろされたとして、私は走りきる自信がない。アレに追いつかれると一体どうなってしまうのだろう。想像もつかない。

「…………なに？」

目を閉じてどうすればいいか考えようとした時、ふと背中が熱くなっているのを感じた。

「熱っつ！　なんか燃えてるっすよ！」

「丹葉、下ろして」

「なに言ってんすか。ダメだって何度言わせれば……」

「いいから下ろして！　理由もなく言ってるんじゃないの！」

「師匠……？」

丹葉は渋々私を床に下ろした。すぐにリュックを開くと、ソレを手にする。手に触れた瞬間にわかった。熱を感じていたのはやはりソレだった。気を抜くと手を放してしまいそうなほど熱い。

「どうなってるのこれ……」

取りだした手鏡は眩い光を放っていた。

『%@※◆Ω！』

「何度も何度もうるさいバカ！」

死の声をあげて猛スピードで襲いかかる影にソレ……手鏡をかざした。

襲いかかろうとしていた影が止まった。

影は手鏡から放たれる光を浴び、みるみるうちに形を削がれ姿を露にしてゆく。

『がぎぎ……！』

初めてちゃんとした音でその声を捉えることができた。醜く、低い、けれど確かに人の声だということはわかった。

そして、苦しみ悶えながら明らかになった姿はもっとおぞましい。

「いい、ひぃっ！」

今までだしたことのない悲鳴が喉奥から漏れる。手鏡に照らされた影だったものは、形だけ見れば人の姿をしている。だがその影はあくまでも『頭ひとつに手足が二本ずつ』という最低限の形という意味でだ。実際私の目の前にいるソレは、眼窩から肉球のついたなんらかの獣の前足が生え、口からは犬歯をもっと大きくした牙。かと思えば舌の代わりにネコの尻尾がうねっている。手足も辛うじて人の形をしているものの、それ以外はでたらめだ。黒や茶、赤色に変色している毛が生えているかと思えば、あちこち脈略もなく目玉が生え、ぎょろりとこちらを睨(にら)んでくる。

臭いもひどいものだった。洗っていない犬のような、猫のトイレのような、複雑で不快極まる臭いが立ち込める。

総じて丹葉の言う通りだと思った。もともとは人間の姿だったのかもしれないが、様々な動物霊や低級霊が集まって自我を失った、『近づく者を機械的に襲うマシーン』となったのだ。

「師匠、その手鏡って……」

「うん、えつが遺(のこ)した手鏡」

そう言って手鏡を両手で構え直し、しっかりと床を踏みしめるようにして立ち上がった。そして、手鏡をバケモノに突きだしつつ前進する。

「危ないっすって！」

「大丈夫」

言葉とは裏腹に足が震える。今にも腰を抜かしそうだった。だがこのバケモノにも確かに鏡が効いている。その証拠に、私が一歩進むたび、バケモノは一歩ずつあとずさっている。

「戸鳴えつを知ってる？」

バケモノに対し叫ぶ。バケモノは苦痛にうめいているだけで返事はない。

「じゃあ……この手鏡は？」

『ぐ、ぎゅぶぅっ』

その時、バケモノの体からなにかがちぎれて吹き飛ぶのが見えた。なにかと目を凝らしている間に、もうひとつ。ふたつ、みっつ……。

「師匠、見てください！」

丹葉が指を差したのはバケモノの本体だ。……いや、さっきまで異形そのものの姿だったソレは、いつの間にか人の姿になりつつあった。

またなにかが飛んでいく。今度はなにが飛んでいったのか、捉えた。

猫だ。そして、猫が飛んだ直後にバケモノの体の一部が人に戻ったのがわかった。

「動物霊、下級霊が手鏡の光に飛ばされているっぽいっす」

手鏡から、光の放出が収まってゆく。バケモノだったソレは、すっかりひとりの女性の姿になっていた。着物を着た……噂通り、旅館の仲居さんらしき姿だ。

「あの……」

私は女の霊に話しかけた。丹葉が「話しちゃまずいですって！」と慌てるのを制し、自分がそうしたいのだと諭す。

「この旅館で働いていたひと……ですか？」

女の霊はうなずく。そして、消え入りそうなか細い声でひと言だけ話した。

『先生は……？』

先生？　なんのことだと思っていると隣で丹葉が「きっと心中した作家のことっすよ」と耳打ちし、納得する。

「先生はもうこの世にいません！　あなたも死んでしまったんです」

女の霊は寂しそうな、しかしどこか覚悟していたような顔でうなずくとゆっくりとその場から消えた。

「ちょ、ちょっと待って！【シャバネ】のこと知らない？」

完全に消えてしまう寸前、女の霊は小さく頭（かぶり）を振った。

消える寸前のその反応は今回の探訪が徒労だったと教えていた。

「そんな……こんな怖い思いしたのに……」

私は立ち尽くしたまま、誰にでもなくつぶやいた。

「帰りましょう。師匠」

幸い、階段から転げ落ちた際に負った怪我は軽微なものだった。その傷の浅さが余計に帰り道を暗くさせたのだった。

## 2

えつのことを思うと、私の心は暗く澱む。

四つ年下で当時は小学五年生だった。だけど、そのことは誰も知らない。

私の妹は不気味な怪異譚と、骨とう品のような古びた手鏡だけを残して、この世から消えてしまった。

「去った」ではなく「消えた」のだ。死んだのではない。いないことになってしまった。

私自身の中からもえつは消えかけている。顔を思いだせなくなってしまったのがその証拠だ。えつがいなくなったのはたった二年前だというのに。

信じられない話だが、えつを知っている人間がいなくなってしまった。えつが私の前からいなくなったのと同時に、周囲の人間の記憶からも綺麗さっぱり消えてしまったのだ。

えつのことを誰に訊いても困った顔をして苦笑いを浮かべるか、神妙な顔つきで私の精神状態を心配するだけだ。それでも根気強く私はえつの存在を訴えた。私には妹がいて、そしていなくなってしまった。だから探してほしい。誰か、一緒に。私のたったひとりの妹を——。

不可解なことは確かにあった。みんなの記憶から消えただけならばまだいい。問題は〝えつにまつわるすべてのものが消えてしまった〟ということだ。部屋にあったえつの物も、写真も、動画も、えつがこの世界に存在したという痕跡(こんせき)が根こそぎなくなってしまったのだ。

これでは私の虚言だと疑われても仕方がない。だが虚言などではない。それをわかっているのは、もはや私と……丹葉だけだ。

そのことを受け止めきれず、えつの痕跡を必死になって探した。だが、どこにも残っていない。えつは、私が作りだした幻なのか。

自分の中でえつの存在が揺らいだ。だがそんな時、丹葉がえつを覚えていると言ったのだ。最初は丹葉もえつを忘れていたひとりだった。だけど私といるうち、えつの存在がよみがえったのだという。

親が忘れても、友達が忘れても、丹葉だけは思いだしてくれた。

だから私は嬉(うれ)しくなって丹葉と何度もえつについて話した。

あの日のことも、い、い、全部だ。

「あのえっちゃんすか！」

丹葉がえつを思いだした時、この世にえつという存在がもう一度生まれた気さえした。

丹葉が思いだすまでは、私の中からも消え落ちてしまうのではないかと、毎日不安で押しつぶされそうだった。

えつは、私と丹葉だけを置き去りにして世界から消えた。

妹が消えたあの日、私さえちゃんとしていれば、えつはいなくならずに済んだのかもしれないのだ。

だから私は姉として妹をこの世界に連れ戻さねばならなかった。

きっとえつは今もどこかで助けを待っているに違いない。

その手がかりが手鏡。怪談。それにシャバネ——。

思えば私はオカルトやホラー、怪談に都市伝説なんて全く興味のない人生だった。関わり合いだってない。一方妹のえつは、それらが大好物だった。そのことがまさに致命的だったのだ。

えつを探しだすのにどうすればいいかわからない。

だがわからないからといって、なにもしないでいると、その間にずんずんえつと離れていってしまう気がした。

旧北濱旅館の怪異からさかのぼること数カ月前、馬代融と出会う直前——。

私と丹葉は渋い顔でカフェのカウンターで肩を並べていた。

スマホと睨めっこして唸る私と、バイク雑誌を読む丹葉。甘いバニララテの匂いが鼻先をかすめる。

ふう、と頬杖をつき丹葉を見つめた。

「ちょっと丹葉、聞いてるの」

「わかってるすよ。あれっしょ、心霊スポット探しっしょ」

「そうじゃなくって、他人事じゃないって言ってるの」

「大丈夫ですって。任せてくださいよ、俺がいればなんとかなりますから。なんつったって俺は『スーパー霊感体質』すからね」

わかってるんだったら……と言いかけた言葉を無理矢理バニララテで流し込んだ。

丹葉が自称する『スーパー霊感体質』。これは決して過言でもなんでもなく、事実だった。雑誌を読む手首に巻かれた青い数珠。ペンダントのヘッドにぶら下がった水晶。財布に入ったお守り。小さなペットボトルに塩水・酒。極めつきはスマホの待ち受け画面はお札画像ときている。それに丹葉は昼夜問わずサングラスをかけていた。

対外的にはファッションで通しているが、本当の理由は違う。よくないものと目が合わないようにだ。裸眼よりサングラスのほうが目が合いにくい……つまり気づかれる危険性が減るという。

とにかく、丹葉は普段から霊と接触しないよう細心の注意と備えをもって生活しているのだ。それだけのことをしておかなければ、彼は日常的に霊と関わってしまう。

「霊感があるっていう人は結構いるんすよ。けど、いわゆる視える人っていうのにもレベルがあって、レベルが低いと強烈すぎる霊が視えなかったりするんすよね」

「え？　普通逆じゃないの？　強い霊だったら霊感が弱い人でも視えちゃうみたいな」

「いや、そうなんですけどそういうことじゃないんです。なんつーか、強烈なやつほど頭がいいんで、自分の身を隠すんですよね。周りに溶けこむっつーか。そうすると霊感が弱いやつの目はまんまと騙せちゃう。俺くらいになるといくら霊が隠れようとしてもわかっちゃうんですよ。こっちは別に視ようとしてないのに」

その結果、霊に存在を勘づかれて必要以上によりつかれてしまう。

丹葉が常備している件の道具たちには、それによって彼の霊力を弱くする作用があるのだという。できるだけ自分も気づかないようにして、平和に暮らしていくためのものだ。

物心ついた時から丹葉と一緒にいた。公園。学校。商店街。どこでも見かけるし、親同士が親しかったこともあり私たち姉妹ともよく遊んだ。

子供の頃から丹葉の霊感体質はぶっ飛んでいた。事故があった現場を通りかかれば必ずそこで死んだ霊を連れ帰ったたし、墓地では霊に囲まれうずくまったまま動けない。水場にはよくない霊がくるからといって、プールや海には絶対に行かない。とにかく丹葉がいれば、霊が向こうから寄ってくるくらいの無茶苦茶(チート)さなのだ。

その『スーパー霊感体質』の丹葉をわざわざ心霊スポットに連れていこうという私も私で正気ではない。だが決して好き好んでやっているわけではなかった。

「それより心配なのは師匠すよ。俺はまあ、慣れてるんで自分のことはなんとかできると思うんすけど、師匠は普通の人じゃないすか。師匠まで一緒にこなくていいんじゃないすか」

読んでいたバイク雑誌を閉じ、カウンターに置くと丹葉は言った。バナナフラペチーノを啜(すす)ってこちらを見る。

「ぶほっ」

私と目が合うと丹葉は咳(せ)き込んだ。私が思いきり睨みつけていたからだ。

「本気で言ってるの丹葉。私が行かなきゃえつは――」

「わかったわかった、わかったっすよ！　えっちゃんのことになるとホント見境ないんすから。でも俺がヤバイって判断したら絶対言うこと聞いてくださいよ。じゃないとマジで危ないす」

そう言いながら丹葉はひと言断って喫煙ブースへ行った。ガラスで区切られた喫煙ブースから見える丹葉はタバコに火を点けた。タバコの煙もまた、霊が嫌うからという理由で吸っていた。いつもしかめっ面でまずそうに吸う。タバコは嫌いらしい。

その姿を見ると、霊と関わらないよう生きている丹葉を巻き込んでもいいのか私は迷った。

ほんの二、三口吸っただけで丹葉はすぐに戻ってくる。

「師匠、今俺を巻き込んでもいいのかって思ったっしょ」

「えっ、いやそんな……」

「言っとくけど、全然見当違いすからね。俺は師匠とえっちゃんのために、自分から進んで首突っ込むんす。師匠がなんと言おうと絶対に俺はついていくっすから」

「なんか丹葉のいいなりみたいでムカつくな。私より弱いくせに」

「ちょ、師匠！　なんでそういうこと言うんすか」

「ふん」

素直に「ありがとう」が言えず、こんな態度しかとれない自分が情けなかった。

その後、ようやくやる気になった丹葉と共に、オカルト方面のことを調べた。

怪談を調べ、心霊スポットを調べ、降霊術なんていうものまで調べた。だが調べれば調べるほど深みにはまり、いたずらに調査の幅を広げるだけだった。

丹葉の『スーパー霊感体質』は役に立つ。しかも丹葉はえつのことを認識している。えつを救うのを手伝ってほしいと相談すると、丹葉はふたつ返事で引き受けた。むしろ手伝わせてくれ、とも言ってくれた。嬉しかった。

無謀に近い私の計画にも黙って従う。それに甘えていた。私が想像していた『スーパー霊感体質』は妖怪アンテナのようにビビッと近くに霊がいるとわかったり、喝を入れると霊が離れていったり、そんな便利なものだと勝手に解釈していた。だけど丹葉が苦しんできた現実は違う。視たくもないものを視て、関わりたくないものに関わってしまう。そのせいで何度も危ない目に遭ってきた。丹葉は何も話さないから、私は今までそんなことすらも知らなかったのだ。

部屋の勉強机でひとり、頭を抱えた。

ふと片隅に置いたままのリュックが目に入る。中には常に持ち歩いている手鏡が入っていた。

——あの手鏡は一体何なんだろう。

あの手鏡は、この世からすべての痕跡を根こそぎ奪われた妹が残した、たったひとつの忘れ形見だ。そしてそれのせいで妹はいなくなったと言ってもいい。

どちらにせよ、妹と私を繋ぐ唯一のアイテムだった。そして、【シャバネ】という言葉――。

丹葉が協力してくれるのは嬉しい。頼りになる。だがなにをすればいいのか、私は考えあぐねいていた。

〝馬代融〟のことを知ったのはそんな時だった。

『♪』

『ストリートファイターⅡ』のサガットのBGMが鳴る。見てみると丹葉からメッセージが届いていた。

『師匠、こんなのあるんすけど知ってます？』

メッセージと共にリンクが貼り付けてある。

私はリンクの文字列をタップした。接続すると『TELLER×TERROR 怪談 Night』と見出しが現れる。

なんのことかわからなかったが、スクロールし内容を熟読してようやく理解した。

『なにこれ？』と返事をするとすぐに丹葉から電話がかかってきた。

『見たっすか師匠』

「怪談トークライブ？」

『そうっす。俺もよくわかんねえんすけど、界隈じゃ有名な人とかでるみたいですよ』

「【怪談師】って書いてあるやつかな。ええっと、馬代融？　……知らない」

『俺、考えたんですけど、蛇の道は蛇で専門家に訊くのが一番手がかりに近づけると思うんすよね』

「蛇に訊いてどうするのよ」

『落ち着いてください。ええっと、つまりあれっす。「同類に訊く」ってことですよ。俺が言いたいのはこういう怪談イベントの出演者から聞いたほうが効率的じゃないですか？ってことっす』

「天才かと思った」

『もっと言えばそこにある怪談師ってやつすね』

ここに載ってるやつだとこの馬代融とかいうのすね、と丹葉は言った。

「ちょっと待って」

耳からスマホを離し、丹葉が送ってきたチラシの画像を見る。

「これかあ……」

【怪を極めし者　馬代融】とある。キャッチコピーがまるで『ストリートファイター』の豪鬼（ごうき）だ。

　馬代融の風貌（ふうぼう）は、耳にかかる黒髪の眼鏡男というなんでもない印象だ。チラシから細かくはわからないが、顔立ちは整っているほうだと思う。

「なんか気難しそう」

『この顔、見覚えないすか？』

「見覚え？　……うーん、わからない」

『師匠テレビ観ないっすもんね。ゲームの熱帯（ネットワーク対戦）入り浸ってるから世の情報が入ってこないんすよ』

「あ、カチンときた。丹葉が私にそんなこと言っていいんだ？」

　丹葉はすぐに謝った。私とゲームで一戦交えるのがよほど厭（いや）なようだ。

『二年くらい前までよくテレビでコメンテーターとかやってた奴っすよ。その時はなんだったかな、そういう怪談っぽいのじゃなくてワイドショーとか討論番組とかそういうのにでてました。口が悪くて毒ばっかり吐いてたから、当時は面白がられたんすかね。けどある時期からパッタリとテレビにもでなくなって。ネットや雑誌なんかには「干された」ってすげえ書かれまくってましたけど。恨み買ってたぶん、やり返された感じすかね』

　へえーと返事をすると、もう一度馬代融の画像を見つめた。丹葉が言う通り、普段からテレビを観ない私にはピンとこなかったが。

『どうします？　行ってみるしかないなって俺は思いますけど』

「うん。手あたり次第心霊スポットを当たったりするよりマシだね」

返事をしてから、チラシの内容に再び目を通した。必要な情報しか書いていないシンプルなもので、わかりやすい印象だ。黒い背景にロウソクの火、おどろおどろしい表情を作った出演者のバストアップ、その下に日時が大きく記載されてある。

「え、これ明後日（あさって）じゃん！　チケット取れるの？」

『とにかく行くだけ行ってみましょうよ。入れなかったら別の怪談ライブ探すんで、また改めましょう』

とにかく当たって砕けろと言いたいらしい。

「わかった。それと気になったんだけど、この『カイタン』ってなんだろう」

イベントページの最下部に『カイタン』と記載があった。『怪談』の誤表記かと思いつつ訊いてみると丹葉は『会社みたいすね。馬代融の』と答えた。

「カイタン、ってどういう意味なんだろ」

さあ、と最後に言って丹葉は通話を切った。

怪奇探偵団？　怪談探究社？　なにかを縮めた略語だろうか。

「それにしても怪談イベントかぁ……」

えつのために必要だと心でわかっていても、気は進まなかった。

3

駅近くの駐車場にバイクを停め、スマホのナビを頼りに繁華街を抜けてゆく。

できれば賑やかな場所にあってほしかったが、そうはいかないようだった。

「あー……完全に裏路地っぽいすね」

丹葉がスマホのマップと目の前の景色を見比べるように顔を上げる。

さっきまであちこちにＬＥＤの看板を掲げた凝った趣向の店々が軒を連ね、賑やかな人通りの景色があったはずだった。だが今はどうだ。

右を見れば『巨乳美女』の看板。左に振れば『六十分一万円』の看板。人はまばらで薄暗い。カップルで歩いている通行人以外はみんな男ばかりで、横切るたびにじろじろと見られて薄気味悪かった。奥に行けば行くほどけばけばしい電飾がチカチカと目にうるさく、それらがやましい店だと厭でも突きつけてくる。

「丹葉、ここって……」

「風俗街ってやつすね。ああ、あとホテルもたくさんあるすよ」

　寄っていきます？　とふざける丹葉の横腹を思いきりつねりあげた。

「あだァ！」

「スーパー変態体質！」

「マジでつねったっしょ！　ネタじゃなく痛(いて)え……」

　鋭い目で睨む私から逃れるようにスマホに目を戻し、あそこすね、と丹葉は上ずった声で指を差した。

　丹葉の指が差す先に視線をやると、見るからに古そうな……周りにくらべて平らで背の低いビルがあった。スマホで会場を確認すると【カトブレパスビル４Ｆ　６６６(ダミアン)カフェ】とあった。目の前のビルは五階建てだ。

「ええ～……アレなの」

「まあ、行ってみましょう。変な店だったらすぐにでればいいんすから」

　胡散臭(うさん)さから思わず足が止まってしまう。丹葉と距離が開き、慌てて詰める。

　近づくと確かに【カトブレパスビル】とビルに書いてある。一階は無料案内所。二階は台湾(タイワン)マッサージ。三階はシーシャ(水タバコ)バーで四階は会場の６６６カフェ。五階はなにかの事務所、とインフォメーションに書いてあった。

「無料案内所って、なにを案内するんだろ」

「知らなくていいす」

明らかにくるものを拒む佇まいの怪しい建物。仮に私ひとりならば絶対に中に入れない。それどころかここまでたどり着けたかどうかも怪しい。

無料案内所の玄関には垂れ幕があり、でかでかと【十八歳未満立入禁止】のマークがプリントされていた。

コメントに困るそれの脇に、上階へ続く入り口はあった。狭く窮屈そうな通路に怖気(おじけ)づく。そんな私をよそに、丹葉は躊躇(ちゅうちょ)なく足を踏み入れ奥へと進んだ。

「丹葉、よく平気だね。もしかして慣れてる?」

「バカ言わないでください」

丹葉はあからさまに不機嫌な表情を浮かべた。失言だったらしい。

突き当たりにエレベーターがあった。ボタンを押すがなかなか降りてこない。階数表示は動いているので、ただ単にエレベーターが遅いだけのようだ。

耳を澄ますと無料案内所から聴こえるユーロビートに混じってきゅるきゅると軋(きし)むような音がしている。

「私、怖いんだけど」

「俺がいるっすよ。そこらの奴にやられるほど焼きまわってないっす」

丹葉がいて本当によかったと思うが、今のはそういう意味ではない。エレベーターが落ちそうで怖い、という意味だ。

チン、という到着音がして扉が開く。大人が四人乗ればいっぱいの狭いエレベーターに乗り込み、四階を押した。

エレベーターを降りると狭い通路が伸びており、一階よりさらに入りにくい雰囲気が進むのを躊躇させる。フロアに店舗は一軒だけらしく、やけに薄暗い。

ドアそばにおすすめメニューの貼り紙があり、それによると666カフェという名前だが実際はカフェバーで、酒もだすらしい。無根拠に名前からそれなりに洒落(しゃれ)たカフェを想像していたが全く違う。これでは雑居ビルの中の謎のオフィスの外観である。せめてカフェらしい店構えは欲しい。

相変わらず勇ましい丹葉はずんずんとドアの前まで進み、少し遅れて私もついてゆく。【666(ダミアン)カフェ】という明らかに手書きのプレートがついたドア。中は見えない。だがドア横の小さな黒板の立て看板には白、ピンク、黄色の明るいマーカーで『TELLER×TERROR怪談Night　会場はこちら』と書いてあった。この期に及んで店違いであることを願っていた私はうなだれた。

## 4

「うお……」

丹葉がドアを開けた。店内を目の当たりにし、声があがる。

「なに、どうしたの丹葉……」

「師匠、見てください」

「え、なに？　なんなのよ」

いいから、と招かれ背を押された。小さな長方形の入り口から唐突に熱気を浴び、次の瞬間、視界いっぱいに人だかりが広がった。

「わ……」

怪しげで無機質で古臭い通路からは想像もできない世界があった。外から見るよりも広い店内は赤と黄色のスポットライトで照らされ、場違いなカレーの匂いが立ち込めている。木目の壁紙の至るところにホラー映画のポスターが貼られており、余白を埋めるようにしてホッケーマスクや斧、マチェーテのレプリカが掛けてある。

ＢＧＭはおどろおどろしいものではなく、80年代の洋楽サウンドが流れていた。ホラーをコンセプトにした店だが、厭な感じはしない。むしろ居心地のよさすら感じさせる。なぜそんな風に思ったのかは、自分でもわからない。

「なんかいい感じすね」

「うん」

どうやら丹葉も同じだったようだ。

「いらっしゃいませぇー。ええっと、予約してますか？」

カウンターからリストとペンを持った顔中ピアスだらけの男がやってきた。

「いっ！」

「あ、申し訳ないです。驚きましたよね？　いやぁ、好きでやってるんですがちょっとヒートアップしてやりすぎちゃいまして。中身は普通のおっさんなので、気軽に話してくださいね」

頭の半分を剃り上げた頭部に『Dario Argento（ダリオ・アルジエント）』とタトゥーを彫り、もう片方に緑色に染めた髪を耳まで垂らした男は、外見とのギャップがありすぎる低頭平身さだった。

「いや、ネットで見てきたんすけど」

「ええ、わざわざきてくださったんですか！　いやあ、ありがたいですね。ここ、入りづらかったでしょう？」

ええまあ、と笑いながら引きつらないよう頬を揉んだ。入りづらいし、店員はインパクトありすぎるし情報が渋滞している。

ふたり分の料金を払い、手の甲に【666】のロゴマークのスタンプを押してもらう。

「はい、これで再入場OKです！　それとチケットにワンドリンク含まれてますが、なにか飲まれますか？」

「え、そうなんですか……ええっと、じゃあなににしようかな……」

こういう店にくるのは初めてなのでどういう飲み物があるのかもよくわからない。たちまちテンパってしまう。

「た、丹葉はなににする？」

「俺っすか、じゃあジンジャーエールもらいます」

「じ、じゃあ私も……」

「あ、そうだ。もしよかったらうちのおすすめ飲みます？　本当ならこれ別料金なんですけど、初めてのお客さんですし特別に」

そう言って男は私の返事も聞かず、奥のスタッフになにかを作らせに行った。

「お待たせしました」

三分ほどしてにこやかに男が持ってきたのは——。

「ひゃああっ！」

「なんすか師匠、変な声だして！」

「目、目ぇ……！」

運ばれてきたのは目玉。グラスになみなみと注がれた真っ赤な血に浮かぶ、眼球だ。

「ちょっと師匠、落ち着いて。よく見てくださいよ！　それアイスっすから」

「……え」

丹葉に言われておそるおそる目玉を見た。かなりリアルにできているが、よく見ると作り物だとわかる。

「666カフェ特製眼球クリームソーダ！　ほかにも脳髄カルアミルクとかもありますけどそれはまた今度」

男は私の反応がよほど面白かったらしく、けらけらと笑いながら個性的なメニューについて話した。

「怪談、お好きなんですか」

眼球クリームソーダをひと口飲むのを見届けてから、モヒカンみたいな髪型の男が訊ねてきた。ええまあ、と返事をすると嬉しそうに微笑んだ。

「今日はいつもよりたくさんお客さんが入ってるんですよ。いつもはこれの半分もいかないくらい。おかげで準備していた食材が足りなくて困ってるんです。まあ、嬉しい悲鳴ってやつですけどね。やっぱり今日は『馬代融』目当て？」

　返事に困っていると丹葉が横から「そうっす」と引き取った。初対面の相手は苦手だ。相手がどれだけフランクでも萎縮してうまく喋れない。悪い癖だと思うが性格なのだから仕方がない。というか、この男に対してはそういう問題ではないが。

「師匠、さっきの人店長らしいっすよ」

　店員のインパクトに圧され、一歩退いている間に丹葉は少し話したらしい。私は目を見開いた。

「名前は『病ＴＡＲＯＨ』。たぶん、芸名みたいなもんだと思うすけど。なんか『馬代融』は高校の同級生だって。だから呼べるんだって嬉しそうに言ってました」

「そうなんだ」

　その場でインターネットで調べてみた。

　馬代融は現在三十三歳で元経営コンサルタント。その後、どういうわけか怪談師に転身し、時折テレビにでるようになったらしい。

　だがとあるバラエティ番組でのオカルトコーナーに出演した時のこと。

　ゲストの大御所タレントと口論になり、全く退かずに言い負かしたのがきっかけで爆発的に露出が増えた。怪談よりもキャラが受けたのだ。

店内を見回してみると、客層は様々だ。いかにもホラーが好きそうな男たちに交じって若い女もいる。かと思えば、こういう場とは無縁そうに思える年配のグループもいた。

「この人たち、みんな怪談聴きにきてるのかな」

「それ以外になにしにくるんすか」

「そうだけど」

老若男女（ろうにゃくなんにょ）がこんなコアな場所で一堂に会している。まるでサバトだ。普通のイベントでもこれだけバラバラの客層が揃（そろ）うだろうか。私の思う怪談のイメージとは違う。

そう、怪談を好んで聴く人というのはもっとこう、暗くて気持ち悪いものばかりが好きそうな……。

『それではお時間となりました。今宵（こよい）は恐ろしい話を聴きにわざわざこんな廃墟まで足を運んでいただき、まことにありがとうございます』

このボロいビルを廃墟と言ったことで会場から笑いが起こった。やはり誰もがそう思ったらしい。

『ここにいるお客様はさぞ怖い思いがしたいのだとお見受けいたします。今宵はたっぷり恐怖と不思議をご堪能くださいませ。さて、イベントを──……』

「ちょっとトイレ」

「え、今から始まるんすよ。なんで先行っとかないんすか」

「だから今行くんでしょ！　肝心の怪談は始まってないんだから」

丸いバーテーブルに肘をつき、丹葉はサングラスの奥で目を細めた。

「室内でサングラスは外したほうがいいんじゃない。ただでさえ銀髪の派手な頭してるんだから、余計悪目立ちするよ」

「普通の場所ならそうするっすよ。ここどこだと思ってんすか」

そっか。怪談イベントにきてたんだっけ。

以前、丹葉が言っていた。ただでさえ賑やかな場所には霊が寄ってきやすい。まして怪談イベントとなればさらに集まってくるだろう。そうなればスーパー霊感体質の丹葉は霊と目が合ってしまいやすいのだ。

ピアノの単音を叩く不安を煽るBGMが流れた。映画『ハロウィン』のテーマだと客の誰かが得意げに解説している。

直後、店内に割れんばかりの拍手が起こった。ひとりめの怪談師がステージに登場したのだ。

「やば……」

トイレは店舗内にはなく、外にフロア共同のものがあるらしい。店をでてインフォメーション通りに進もうとした時だった。

「あれぇ？　なんだあイベントだと」

濁声（だみごえ）に思わずびくつく。

「怪談だって。はあ？　大の大人が怖い話聞いて喜ぶのかよ」

だはは、と下品な笑いが上がる。おそるおそる振り返ると666カフェの前に男たちがいた。見るからにガラの悪そうな、中年のふたり組だった。

「バカくせえ！　オバケ怖いよ〜ってか」

「おお、結構入ってるぞ。気持ち悪いなこいつら、きっとモテないんだぜ」

「幽霊なんていもしねえもんで酒なんか飲めるかって」

だったらこんなところくるなよ！　と心の中で毒づく。

「お、なんだ。えらく若い女がいるな」

しまった！

ふたり組の悪態に目をとられていたがために気づかれてしまった。慌ててトイレへと急いだ。

女子トイレのドアは開かなかった。咄嗟にノブに目を落とすと使用中の赤いプレートになっている。運が悪いことにひとり用のトイレだった。

「なあ、君もオバケ怖がりにきたの？」

舐め回すような粘っこい口調で男のひとりが話しかけてきた。私はドアの前で固まり、無言を貫く。

「若いなあ、いくつ？　大学生？」

さすがに高校生だとは思わなかったのか、男は私にそう訊ねた。

私はただ黙ったままやり過ごそうとした。男たちの相手をしなかったのは、面倒だからではない、怖かったからだ。

「無視すんなよ、俺らがなんかしたか。おお！」

思わず目をつぶり、肩が跳ねる。突然の恫喝でさらに固まった。

酒臭い。酔っているのだとしたら余計にたちが悪い。

「びくんっ、だって！　かわいいなあ。なあ、こんなオタクの集まりよりさ、俺らと飲もうぜ。奢っちゃうぞ」

「なんならさカラオケとかゲームとかある楽しいところもあるよ」

男たちは近づいてくる。店に駆けこもうにも男たちを振り払わなければ逃げ込めない。

反対方向は男子トイレで逃げ場はなかった。

「や……めてください」

「おっ、やっと喋ったあ！」

「かわいい声じゃん。もっと聞かせてよ、声」

「け、警察呼びますよ」

「警察？　いや、幽霊呼びなよ！　ほら、ここで降霊術やってんだろ」

「違うって、黒魔術だって！」

ははは、と通路に響き渡る笑い声に眩暈がしそうになった。

「た、丹葉……！」

店を見る。ライブの音がくぐもって漏れているだけで誰も気づいていない。最悪の状況だった。

「ねえ、俺らにもさ怖い話してよ」

男の手が私に伸びてきた。叫ぼうとしたが声がでない。だがこの手が触れたら終わりだ。

硬直していた足を無理矢理動かして男子トイレへ駆ける。

「そんな」

男子トイレもまた使用中になっていた。

「ほらほらオバケですよ～」

「ひゃはは、完全に悪霊じゃん！」

「丹葉あ！」

突然、男子トイレのドアが開き、中から黒い着物姿のスラリとした男が現れた。

反射的に私は着物の男に「助けてください！」と叫んでいた。

私に迫ってきた男の顔が歪む。気に障ったようだ。

「……さっきの話だけど、君たちのいう降霊術ってどれのことを指しているのかな」

着物の男が発したのは場に似つかわしくない意表を衝いたものだった。

一瞬、男たちも困惑の表情を浮かべたがすぐに下卑た顔に戻る。

「なんだその格好？　金田一のコスプレかよ」

「違うって、オバケのお話するお兄さんだって」

着物の男は私に一瞥もくれず、ふたり組に向き直った。

「金田一……というのは耕助？　京助のほうなら嬉しいけど。うーん……君らがアイヌや民族学に詳しいようには見えないからやはり耕助か。しかし、金田一耕助だとしてもどの金田一耕助に例えたのだろう。渥美清版ではないだろうし、古谷一行か石坂浩二か、いやそれだとしても絣の着物だし、僕にたとえるのはちょっと違うな。聞きたいのだけれど、君はどの金田一と僕を……」

「なんだこいつ！　気持ち悪ィな！」

「え……気持ち悪い……？」

意外にもショックを受けているようだ。

「いいからどけよ。今からその子にゆっくり怪談を聴くんだからよ」

「怪談？」

着物の男は急にこちらを振り返る。サラリとした長い前髪が舞い、狐目の三白眼と目が合った。

この男は……馬代融だ……。

眼鏡をかけていないが確かにチラシに載っていた男。馬代融だった。

馬代融は私の目線まで腰をかがめると顔を近づけてきた。鼻がつきそうなほど至近距離で見つめられ、取り乱しそうになった。

「今、怪談って言った？」

「あれ、もしかして兄ちゃんもその子から怪談聴きたいの？」

「ああ聴きたい。怪談には目がなくてね」

馬代が再び男たちのほうを向き、私の口からぶほっと息が噴きだす。少しだが心臓が止まった。

「そうだ。話が途中だった。降霊術についてだけど、どれのことかな」

「な、なんだよなんの話だ！」

「降霊術だよ。さっき君が言ったんじゃないか。あ、そっちの君だったか。どっちでもいいけど、どんな降霊術を知っているんだい」

男たちは明らかに引いている。馬代融の異様さに圧されているのだ。

「知らねえし！」

「知らないって、自分で言ったんじゃないか。じゃあ、そっちの君」

へっ！　ともうひとりの男もすっかり及び腰だ。

「君は黒魔術と言ったね。ちょうどいい、黒魔術についてもいい話があるんだ。こっちから求めてばかりじゃ失礼だからね、僕から話そう。『魔女狩り』を知っているだろう？　そう、中世ヨーロッパで起こった魔女信仰だ」

し、知らねえよ、と声を上ずらせる男に馬代は「知らないのなら簡単に教えてやろう」と言った。

「王侯の悪政、飢饉(ききん)や伝染病が蔓延(まんえん)した時代、人々はそれが『魔女』の仕業だとして、疑わしき人間を一方的に拷問(ごうもん)し焼き殺した。死ねば人間、死ななければ魔女、というわけさ。

当然、そのすべてが人間だったがね。世が悪くなれば人はそれに根拠を創りたがる。魔女狩りとはその妄想が暴走した末の集団ヒステリーだ」

馬代は男を一瞥した。男はぽかんとしている。

「そんな魔女狩りが現代になってパプアニューギニアの山岳地方で流行しているというんだ。ある部族の村で高齢の女性が強姦の上拷問された。そして、生きながらに焼き殺されたんだ。なぜこんなことになったかというと、部族の男たちは急速に変化する村や周囲の状況が何者かの黒魔術によるものだと推測したんだ。自分たちのホームが変容していく様を恐れた男たちは、黒魔術を実行した者を炙りだそうと躍起になり……おい、どこへ行くんだ」

「黒魔術よりお前が怖いんだよ！」

酔いが覚めたのか、真っ青に怯えた顔で男たちは脱兎のごとく逃げ去った。

馬代は話の途中で相手がいなくなったのが不服だったようで、手を伸ばしたまま固まっている。

「あの……ありがとうございます」

「えっ」

「助けてもらって」

助けてもらったと言っていいのかわからないが、男たちを追い払ったのは事実だ。

「そういえば」

馬代はまた唐突に振り返ると顔を近づけてきた。ついさっきの光景が再現され、鼻がつきそうになる。

「君、怪談があるって言ってたね」

「え、いや言ってな……」

瞬（またた）きもせず馬代は私を見つめる。男の人にこんな至近距離まで近づかれるのは初めてだった。再び心臓が止まる。

「話してほしい。少ないが謝礼もしよう」

「い、あ、謝礼？　そんな、あの」

心臓が動きだしたかと思えば今度は飛びだしそうに脈打つ。鼻どころか唇がつきそうだ。

「だめ！」

「いいじゃないか、話してくれよ怪談くらい！」

ガシャン！

突然、激しい音がした。その直後、目の前にあった馬代の顔が消える。

「てめえ、俺の女になにやってんだァ！」

「丹葉！」

　女違う女違う！

　丹葉は烈火の如き剣幕で馬代の胸倉を掴み上げた。

「む、なんだ君は。野蛮なゴリラかな」

「誰がゴリラだ！　てめえ、師匠になにしてんだ、おお！」

「違う、丹葉！　その人は私が絡まれているところを助けて……」

「なに言ってんすか！　絡んでたのはこいつっしょ！　そうじゃなきゃキスなんて……」

　いやキスはされそうになったけど……違う。

　丹葉に抱き着き、馬代から引き剝がそうとするが力が強すぎてびくともしない。

「本当だって、信じてよ！」

「というか事件の一歩手前だよ、君」

「うるせえ！」

　丹葉の力がこもる。今にも殴りそうだ。

　完全に誤解だというのに、どう話せば丹葉は耳を傾けてくれるだろうか。どんな言葉をかけても聞く耳を持ちそうにない。

　せめてもう少し早くきてくれればあの男たちと……そうだ！

「なんでもっと早くきてくんなかったの！」

「はあ？　なんすかいきなり」

「この人が助けてくれるまで超ピンチだったんだから！　なんでそんな肝心な時に丹葉がいないのよ！」

途端に丹葉の表情がへにゃりと情けなく歪んだ。同時に馬代の胸倉を摑んだ手元が緩む。

「助けたというつもりはないが、その子の怪談が気になる」

「師匠のピンチに俺が……」

急に丹葉はうなだれる。こんなに効くとは思わなかった。私を師匠と呼ぶようになってから丹葉はやけに保護者として振る舞いたがる。私からすれば幼馴染みでしかないのだが。

「おーい融ー、そろそろ準備しろよー」

店のドアの向こうから病ＴＡＲＯＨの声がかかると、馬代は何事もなかったかのように着物の衿を直し、店へ戻っていった。

「丹葉、行こ」

「俺は師匠を……」

「しつこいな、こないの？」

「行きます」

# 5

ステージではちょうど落語家怪談師・眠眠亭愛狐(みんみんていまなこ)が登場したところだった。

ステージといっても、階段一段ほどの高さの簡易的なステージだ。あとからきた私たちからは客の頭に隠れて腰から上しか見えない。

「ええ、みなさま。今日はよくおいでくださいました。私は普段、落語をやっておりまして……名を『眠眠亭愛狐』と申します。私どもの商売は因果なものでして、最初から最後までひとりで語り、ひとりで落とすという噺をしております。いわばひとりで喋っているだけなんでございますが、笑ってもらう時はたくさんのお客様に笑っていただく。ただ滑った時というのはですね、これは耐えがたい。まあどっちにせよもらえるお駄賃は変わりませんので、笑わせなくとも帰りの飲み代にはなるわけです」

観客から笑いが起こる。怪談といっても、最初から怖い話をするわけではないのか。落語家だけあって、枕(まくら)の摑みがうまい。

「さて、そんな笑わせてお駄賃をいただく身の上にもかかわらず、今夜は怖がっていただこうというのですから商売あがったりでございますな。なぜかと申しますと、これから私が話します怪談を聞けば、この先私の落語では笑えなくなってしまう。ああ、いいんです。笑わなくても。他の噺家の話でも笑わなかったらそれで」

　今度はどっと笑いが起こった。さすがだと感心した。落語家はパチン、と手に持った扇子を鳴らし「時は江戸のころ……」と怪談が始まった。落語には詳しくないが、なるほどああやって場面を切り替えるのか。

『怪談を聴く』という姿勢ができている観客たちはその瞬間から静まり返った。ここからはまさに落語家の独壇場、といった様子だった。

「その日はえらく寒い日でして。もっとも冷え込んでいるのは懐なんですがね。冬の怪談というのも風情があっていいものですな。油売りの長吉っちゅうなんの取り柄もない痩せぎすの男がおりまして、この男もまたそんな冬の怪談っちゅうのにしけこもうってんで夜の寺小屋へと向かっておったんです。

ああ、どうも遅くなってすまなんだな。

長吉が寺小屋に入ると車座になって一本の蠟燭を囲む数人の男がおりました。

かまやしねえよ、それよりな長吉。俺はとっときのおっかねえ話を仕入れてきたんだ。

ほう、次郎治のとっときかね。そりゃあ楽しみだ。

だが覚悟がいるぜえ、聴くには。なんたって『忌み話』だ。

忌み話となぁ？　なんだいそりゃ。

山男たちの中でしちゃいけねえっていう山の神様が嫌う話だ。俺はこれを聞いたときゃ震えてちびっちまいそうになってよお。

そうかそうか。ならいっちょ話してくれんかね。とっときならなお聴きたい」

落語家は手に持った扇子を蠟燭に見立てて、次郎治になりきり怪しい笑みを浮かべた。

「冬の山には入っちゃなんねえ。獣が冬眠してる間は山の神様も眠ってるってえ話だ。けれどよ、それじゃおまんま食いっぱぐれだって猟師がいたんだ。

なんだい、猟師のくせに冬も越せねえなんて笑っちまうねえ。

そうなんだ、そんなこたあ滅多なことじゃねえとあり得ねえ話だ。しかしな、そうも言ってられねえってんで猟師の奴ぁ、鹿を獲りに行ったんだとよ。それで山に入ったんだが、鹿や雉があっちこっちにほっつき歩いてて獲り放題。猟師はえらく喜んで狩りに夢中になったんだと。するとなあ、呼ばれるんだ。

呼ばれる？

そうだ、呼ばれる。山に入ったのは自分ひとりで、周りは獣しかいねえ。それなのに後ろから名前を呼ばれたんだと。猟師はおっかなくなっちまって逃げだしたんだ。

なんだ、呼ばれただけでトンズラしたと？　情けねえ猟師だなあ。

それだけだと忌み話とは言えねえ。話はこっからだ。猟師が家で晩飯を食っていた時だ。戸の向こうからな、名前を呼ばれるんだ。

雪女とは洒落てるねえ。

それが雪女じゃない。猟師はおっかなくなって布団にくるまったんだが、ずっと呼ぶ声は聞こえる。まるで猿がキィキィ喚いているような金切り声でな、猟師の名前を呼ぶんだ。外は吹雪いててな、いつのまにか声が聞こえなくなった。さすがにこんな天気じゃあ妖怪だって逃げ帰っちまうって納得したらしいんだ。それでおそるおそる布団から顔をだすとなあ、頭をかち割られて顔を真っ赤に濡らした女が目の前にいたっていうんだ。

ひゃあ、そりゃあおっかねえ。なんだって頭が……。

おっかねえだろ？　だが真におっかなかったのは猟師だ。飛び上がって外に飛びだしちまったとさ。

猛吹雪だろうに。

そうだ。しかしなあ、猟師は黙っていたことがあったんだなあ。

なんだね、それは。

猟師は冬になる前に山で用を足している女を見かけてな、ついムラムラっとしちまって追っかけたんだと。血相を変えて女は逃げるわな。その姿がなんだかおかしくてさらに追っかけまわしたら、女は足を滑らせて崖から落ちちまった。それで頭がかち割れて死んじまったらしい。

それじゃあ、その女は……。

それがまた別の知らねえ女だっていうんだ。だから余計にわけわかんなくなって……。

そうか、そりゃあ確かにおっかねえな。だが次郎治よ、これがお前さんのとっときかい。

そうだ。

なんだいそりゃあ。確かにおっかなかったがね、金玉が縮み上がるほどじゃあなかったよ。

長吉よ、この話の猟師はな確かに女を死なせちまった。そして現れた女は死なせた女とは全くの別人だって言うじゃねえか。しかし猟師はそっちの女のことも知っていたんだ。

ほう。そりゃあどういうわけだい？

そっちの女のほうはなあ、自分は殺しちゃいないが殺した奴のこたあ知ってたんだなあ。なんてったってその女を殺したのは猟師の血縁だっていうから狂気の沙汰だ。

そりゃあおっかない！　人殺し一族だ！

いやあ違う。確かに猟師は女を死なしちまったよ？　だがわざとじゃない事故だ。けれど訪ねてきたほうの女は殺されたんだよ」

落語家は無言の長吉を演じた。ごくりと生唾を飲み込み、次郎治の話の続きを待っている。

「だから名を呼んだんだあ。長吉〜長吉〜ってな。

なにをう？　バカを言っちゃあいけねえよ、なんだって俺が……

知ってるかい。猟師はその後、吹雪の中命からがら町まで下りたんだと。そこで出会った男に洗いざらい全部吐いちまった。まさにめぐりあわせだねえ、出会った男っていうのが殺された女の亭主だっていうんだから。

なんだって？　それじゃお前さん、あの女の……あっ！

忌み話っちゅうのはなあ、『聞いたらおっ死んじまう話』なんだぜ長吉よぉ。

ままま、待て！　違う、あれはな……なんだお前さんたち！　待て、待て落ち着けって。な？　わあああ！

車座で大人しく次郎治の話を聴いていた者たちが立ち上がり、長吉を縛りあげた！　必死で命乞いをする長吉に次郎治は最後にこう言いました。

あんたの従弟の猟師もなあ、長吉ぃ〜長吉ぃ〜って叫んどった」

落語家は長吉の必死の形相を演じ、すっと表情を戻すと一礼した。

「めちゃこわっすね」

「え？　うん……そうだね」

　丹葉に同調してはみたものの、正直なところ私はそれほどではなかった。

　身振り手振り、時には表情も交えて語られる怪談はさすがのひと言。ただ、難を言えば話が達者すぎて怖くない。それに江戸の話は私にはどうもぴんとこない。せめて現代話なら、と思った。

　最後に落語家は「ここだけの話なんですが……」と前置きをした上で実際の地名と詳細な人名を口にした。どうやらここがキモなようだ。

　語りが達者という点を差し置いても、最後の最後に具体的な名称をだすのはちょっとずるいんじゃないかと思った。これでは話に怖がっていいのか、「ああ、あそこだったのか！」と驚いていいのかわからない。

　とはいえ、生で聴く怪談なんて新鮮だった。

　それもわざわざ料金まで払って聴くなど初めての経験だ。

　出囃子（でばやし）と同じ『ハロウィン』のBGMが流れ、落語家と入れ替わりにTシャツにジーンズ姿というラフな服装の男が現れた。

　ひょろりとした痩せぎすで、黒ぶち眼鏡に無精ひげ、後退しはじめている額と対照的に肩まで伸びた髪。一見すればどこにでもいるような人物だが、なんともいえない独特な空気を醸しだしている男は、客席に向かって「あ、どうも」と気の抜けた挨拶をした。

　すると直後、客席から「おお～」と歓声が上がった。

「オカルト蒐集家の我聞かなたですよ。なんかこの界隈では有名人らしいです」

「そうなんだ」

　相槌を打つが聞いたことのない名前だ。

　ステージに立つ我聞の飄々とした風貌からは、怪談の雰囲気は感じない。そんなことを考えているうち、我聞かなたが口を開いた。

「今日はなんか……すごいですね。ぎゅうぎゅうで……。こうやって見ると怖い話好きな人って本当に多いんだな、って再認識しますね。こないだ僕、高知の霊山に行ってきたんですけど」

「え、もう始まるの」

　有名人と聞いていたから、てっきりさっきの落語家のように語り慣れた怪談師が現れるのかと思っていた私は面喰らった。挨拶から脈絡もなく怪談が始まったのだ。ひいき目に見ても素人と大差ないように思った。

「その霊山って、なんていうんですかね。こういう……星形の魔法陣みたいなのなんていうんでしたっけ」

「五芒星（ごぼうせい）？」

「ああ、そうそう。五芒星があちこちにあるんです。その辺の木とか、石に唐突にあるんですよ。それでね、僕それを数えてみたんです」

落語家とはうって変わって、抑揚もないし無表情のまま。時折言葉が浮かばない時はジェスチャーを交え、観客から教えてもらったりしている。話し慣れているようには見えない……が。

「昔、ここにキリシタンの人がいてかなりえぐい迫害を受けてたらしいんですね。それこそ子供もお年寄りも関係なく、ここで殺したぞっていう印を五芒星で書いてたらしいんです」

「た、丹葉……怖い！」

私は思わず声をだした。あの男の語りはたどたどしい。だがかえってそれが内容の恐ろしさを助長し、不安を増幅させる。語り方ひとつでこうも違うものだろうか。

一体、落語家となにがこんなに違うのか、今の私にはわからなかった。

ただひとつ確かなのは、格が違う。圧倒的に我聞の話は怖い。

「師匠、これ笑えないやつです」

ふと見ると丹葉の顔が強張っている。こういう時の丹葉は確実に霊のほうから一方的にコンタクトされている。気づかない振りをして霊が去るのを待っているのだ。

「俺、心霊スポットとかあまりにも強烈なところでは無理ですけど、街中とかでは霊が干渉できないようシャットダウンできるんす……でもこのひとが語りはじめてから、もうめちゃくちゃあっちこっちから霊が集まってきて、次から次へと俺と目を合わせようとしてくるんす。さっきから五人くらいにずっと耳元で話しかけられてます」

「えっ、大丈夫なのそれ」

「大丈夫です。シカトすりゃなんてことないんですけど……こういうのって『話すると寄ってくる』って言うじゃないですか。あれって本当なんすけど、大概は動物霊とか下級のどうってことないやつが集まってくるんです。けど、今集まってきてるのはバッキバキの浮遊霊とか近くの地縛霊です。あの人、ヤバイ」

丹葉の顔と話を聞いて、理屈ではないのだと思った。

あの我聞という男は怪談好きが高じてあちこちと巡っているうちに、無自覚に引き寄せる体質になってしまったのだ。いや、それとももともとそうなのだろうか。

「あの人って霊感あるの」

「いや、全然ないと思いますよ。ちょっとくらい不思議な思いしたことはあると思いますが、そういうことじゃないんです。わかんないっすけど、なんか曰く付きの土地でお土産（みやげ）

に持ち帰ったりしてるんじゃないですかね。それのせいだとは思うんすけど……」

そう言ったあと、丹葉は小さな声で「羨ましいっす」とつぶやいた。

丹葉はその体質から好きでもないのに霊と深く関わって生きてきた。我聞という男はその逆で好きでやっているのに霊と接点がないのである。丹葉が羨むのも無理はない。

「全国各地の心霊スポットと呼ばれるところや曰く付きのところに片っ端から行って、怪談を現地調達する猛者らしいですよ。全然、そんな風には見えないっすけど」

確かに、とうなずく。変わらず淡々と語る怪談はふたつめに突入し、百戦錬磨の怪談聴きの客でさえ悲鳴をあげる。私はひとくちに怪談師といっても色んなタイプがあるのだと初めて知った。

『それでは世間をお騒がせするだけしてさっさと表舞台から消えてしまったあの男の登場です！　テレビにでれば炎上。ＳＮＳで発言すればまた炎上。イベントに登場しても炎上！　唯一、彼が炎上しないのはこの怪談の場のみ！　それでは登場してもらいましょう、カイタン代表兼怪談師・馬代融〜！』

ＢＧＭが変わる。初めて聴く曲だったが、おそらくこれもホラー映画のＢＧＭだろう。

割れんばかりの拍手と歓声に迎えられ、袖に引っ込んだ我聞の代わりにスラリとしたシルエットがよく映える和装の出で立ちで馬代融が現れた。さっき見たのと同じ格好だがステージに立つとまた違って見える。神経質そうな三白眼が値踏みするように観客を睨んだ。一見するとかなり目つきが悪いが、それも演出のひとつなのだろう。ひと言も発していないのに迫力があった。

期待膨らむ観客の前、ステージの椅子に座ると馬代は気だるげに宙を見つめ、一切の挨拶もない。その異質とも思える佇まいに客の拍手が止み、やがて奇妙な沈黙が訪れた。

一〇秒……二〇秒……もう一分くらい経っただろうか。体感時間がやけに長く感じる中、沈黙に足を忍ばせるように、「えー……」と馬代は切りだす。

「最初に断っておきますが、私は霊というものを信じておりません。むしろ否定派の立場であります。にもかかわらず、私がなぜ怪談を蒐集し語るのか？　不思議に思われる方も多いかと存じます。ご理解いただけるかわかりませんが、『わからないものは面白い』のひと言に尽きます。まさに【怪に魅せられた】と言っていいでしょう。そして物好きが高じてカイタンなる秘密結社を創設いたしました。さて、今夜語る怪談は、不可解な拾い物と迷い家のお話」

早口になりそうな言葉を嚙むこともなく丁寧に言い終えると、馬代は伏し目がちに客席を見つめ静かに深呼吸をする。

その姿は怪しく、けれどハッとするほど妖しい美しさがあった。これまで私が触れたことがない種類の色気だ。私たちはステージから離れた席から見ていたが、ここからでもわかるほど長いまつ毛が切れ長の瞳に映える。色黒で体格のいい丹葉とは対極の男っぽさと艶(つや)っぽさを持っている。それに、少女のような色白な肌が儚(はかな)げな佇まいに拍車をかけている。このまま見ているだけで吸い込まれてしまいそうだった。

「師匠、まさか見惚(みと)れてんすか？」

「そんなわけ……、ないでしょ」

テレビでのイメージは知らないが、少なくとも先ほどのトイレの前での彼の佇まいは異様だった。今のところ異様なだけで魅力は感じないが……この男が語る怪談とは一体どんなものなのだろう。

唇は艶やかにスポットライトの光を跳ね返し、怪談を始めるために今まさに開かれようとしている。

私は待ちきれないと胸を押さえている。どうしてだろう。だって怪談だよ？

丹葉の視線に気づき、緩みそうになった表情を引き締めた。

「怪談『万年筆』――」

鏡のような湖の水面(みなも)に広がるひとつの波紋のような切りだしだった。

# 万年筆

語り・馬代融

【迷い家】という怪異があります。

遠野物語で広く知られたこの話、ご存じの方もいるのではないでしょうか。

山奥に迷い込むと霧の中から突如として現れる豪邸のことです。助かった……と人を呼ぶが反応がない。仕方がなく、中に入ってみても誰もいない。それなのに囲炉裏の火は点いているし、高価そうな陶器も並んで食事の準備中のよう。まるでたった今まで人がいたとしか思えない。欲に目がくらんで什器を持ち帰れば富を失うが、無欲な者が何も持ち帰らないと川から椀が流れつき、その椀で飯を食えば豊作をもたらす。諸説はあるものの大筋では同じような話が語られております。ある種、教訓めいた怪談だといえます。

　なにもなかったところにいきなり屋敷が現れるというかなり大げさな怪異譚ですが、現実にもこういった山中に屋敷ならぬ旅館が建てられることも昔は珍しくなく、そこへの宿泊は庶民の贅沢として浸透していました。

　しかし、時代が流れ、人の生活が便利になればなるほど人々の足は遠のき、明治の名旅館は平成を駆け抜けることはできませんでした。

皮肉なことにそれらは、過去の栄華の名残をわずかながらにとどめたまま、廃墟として各地に点在しています。いくつかの旅館は『心霊スポット』という名で今も人の足を誘っています。まるで現代の迷い家と言っても過言ではありません。

そんな『現代の迷い家』の中にK旅館という廃旅館がありました。

A子さんが大学生の時の話。

当時、交際していたBくんから数日前、K旅館に肝試しに行ったと聞かされたのです。

A子さんは昔から霊感があるらしく、曰く付きのところには寄りつきませんでした。そんなA子さんの体質を知っていたBくんは彼女を誘いませんでしたが、K旅館に行ったことは彼に話を聞く前からなんとなくわかっていたといいます。

というのも、その日Bくんと会った時から、どうしてか厭な気分になったのだとか。妙に体がだるく、やけに目が乾き、瞬きが止まらない。

こういった状態の時は決まって不吉なものが近くにいたり、もしくはあったりするというのです。

「K旅館からなにか持って帰ってきたんじゃない?」

不安に駆られたA子さんは訊ねました。

最初、シラを切っていたBくんですがついに白状します。

「実は……」

そうしてA子さんに見せたのは万年筆でした。ペン先は赤錆び、本体は元の色がわからないくらいに剝げていたそうです。ひと目で使い物にならないとわかるゴミ同然のものでした。

A子さんの厭な気持ちの原因は間違いなくそれでした。

どうしてそんなものを持って帰ってきたのか訊ねると、Bくんは自分のことにもかかわらず首を傾げるだけ。自分にもわからない、と言います。

「中に入ったら二階にこれが落ちていて。目に入った時に拾わないといけないと思ったんだ」

それを聞いて、A子さんはこれはまずいと直感しました。

今すぐにそれを返すべきだとBくんを諭したところ、突然Bくんの携帯電話が鳴ります。電話にでてみるとBくんのお母さんからでした。

お母さんは「変な電話がかかってきた」、と言います。どういうことか詳しく聞いてみると、その内容は確かに妙なものでした。

『ご予約されていますがご到着はいつでしょう』

と、女の声で言う。怪訝に思ったお母さんがどういうことかと訊き返すと女は、『台帳に記帳されています。Bさんのご来館をお待ちしております』と答えた。

ますます変に思ったお母さんは電話を切るとすぐにBくんへ電話をした、ということでした。

ちなみにBくんはひとり暮らしで、お母さんの住む実家は遠く離れている。自分の携帯にかかってこなかった理由はわからないが、いたずらだとは思えませんでした。

友達の悪ふざけだとすれば、実家にかける必要はない。Bくんの携帯電話に直接かけてくるだろう。それがさらにBくんを青ざめさせました。

「次、もしかして俺のところに直接かかってくるかも」

Bくんは不安で押しつぶされそうになりました。

「ねえ、台帳に記帳されているってどういうこと」

「俺はなにも書いてない。ただこれを拾っただけで……」

そう言った時、万年筆の先端から真っ赤な液体が滲(にじ)みだしました。驚いて手放した万年筆は、床にコロコロと転がったかと思うとぴたりと止まった。そして、じんわりと赤い液体は床に広がっていったのです。

まるで血のようでした。

しかし、本当に血であるはずはなく、おそらくは中で劣化したインクか、または中に溜まった雨水が錆と混ざって赤く見えているだけかもしれない。けれどふたりには血のようにしか見えませんでした。

「返しに行こう」

そう提案したのはA子さんでした。

難色を示したBくんでしたが、実家にかかってきた謎の電話と万年筆から滲む赤い液体に相当参ってしまったらしく、渋々K旅館へ行くことを考えるようになりました。

Bくんが旅館に肝試しに行った時、数人の友達も同行していました。もしかするとBくん以外の友達にもなにか異変が起こっているかもしれない。

どうせもう一度K旅館に行くのならばあの時のメンバーで行ったほうがいい。そう思ったのですが、どうやってもほかのメンバーと連絡がつきません。

そうこうしているうちにひとりの友達から折り返しの電話がありました。電話にでてみるとその携帯の持ち主である友達ではなく、そのお姉さんでした。

実は昨日から帰っていない。『すぐに返しに行かないといけない』と言い残していなくなった……と言うのです。

いよいよ恐ろしくなったBくんは決心しました。気が進まないA子さんも同行することにし、とにかく急いでK旅館へ万年筆を返しに行くことになりました。

そうしてBくんの車で旅館へと向かいました。

しかし山道をどんどんどんどん進むのですが、景色は変わらない。それどころか一向に旅館へ近づく気配がない。

Bくんはしきりに「おかしいな、おかしいな」とつぶやいています。

初めてその道を通るA子さんでさえ、あまりに変化のない景色に異変を感じていました。

「確かこの辺だったのにな、おかしいな」

いつしかBくんは涙声になり、焦りが見えてくるようになりました。

A子さんも励ましますが、空返事(から)しか返ってこない始末でした。車を走らせはじめた時は明るかった空も次第に暗くなろうとしています。

Bくんは「夜にあの旅館に行くのだけは厭だ」と言い、暗くなる前にどうにか着こうと焦っています。

そして、彼は途中で車を降り、「見覚えがあるから」と山林を指差します。A子さんも降りようとしますが、「自信がないのでちょっと見てくる。すぐに戻るから」と車で待つように言われました。

山林に入っていくBくんの後ろ姿を不安げにA子さんは見つめたといいます。

そしてそれがBくんを見た最後の姿になったそうです。

Bくんと K旅館に行ったほかの友人もみんな、消息を絶ちました。
二〇年前の話です。

馬代の語りは見事だった。淡々とした語り口は我聞と似ている節もあるが、話し言葉というよりきちんと『語っている』風なのが耳にすっと入ってくる。あくまで客観視した語りはより怪異を際立たせた。だからといって同じ手法を我聞が取り入れてもとりわけ怖くはならないだろう。馬代だからこそなせる技なのだと感じた。

なにより驚かされたのは『間』だ。馬代の語りには独特の『余白』があった。小説でいうところの『行間』と言い換えてもいい。話の途中で、わざと沈黙を作り観客の表情を舐めるように見つめ、息が詰まる緊張の中で再開される。

これが語りの途中、思いもよらないところで差し込まれるのだから聴き手も気が抜けない。結果、数十人の客が密集したこの場所が極度の緊張状態を維持した空間となった。

そうだ……これ、『お葬式』に似ている。

誰も声をだしてはいけない。その緊張感の中で、僧の読経(どきょう)と木魚を叩く音だけが響いている。まさに葬式の空気感だった。この空気感は日本人ならば誰もが知っている。

わざと……作っているのかな。

もしそうだとしたら恐ろしい。恐ろしい技術だと思った。そして、たかが怪談にそんな技術が用いられているという事実が信じられなかった。

「――Bくんと K旅館に行ったほかの友人もみんな、消息を絶ちました。二〇年前の話です」

馬代の話は優に二〇分を超える大作だった。

ただの語りのはずが、まるで映画を観ているかのようにはっきり頭にイメージが湧き起こる。

時に彼は闇に溶け一切の存在を無にし、かと思えば隠しきれない存在感を醸した。ほんの一秒ですら退屈させない見事な構成で語りきった。

話の余韻を残しながら、馬代はでてきた時と同じく挨拶もなしにすっと立ち上がる。BGMが流れ、観客の止まない拍手に見送られ袖へ消えた。

6

「どうでした？　あいつ、ファンが多いんでじっくり聴くにはちょっと騒がしかったですかね？」

店長兼オーナーの病TAROHが私たちの顔を見るなりやってきた。近くで見るとやっぱりインパクトがすごい。見た目とギャップのある腰の低さでいちいち気持ちが不安定になる。

さっきはわからなかったが、Tシャツの首元から髑髏（どくろ）の目が覗いていた。タトゥーとはいえ、なんだか見られているみたいで居心地が悪い。

「いや、思っていたより全然面白くて。聴き入ってしまいました」

「あれ？　融のファンじゃないんですか？　あいつ目当てだって聞いたからてっきり追っかけの人かと」

誰があんな奴の……と丹葉が小さく愚痴（ぐち）った。

病TAROHは「あの人とあの人、それにあの人たち」と店内の客の数人を指差した。

「みんな遠征勢ですよ。融はよそであんまり怪談やらないんで」

「そうなんですか？　あんなに面白いのにどうして……」

事情を知らないか丹葉に目配せするが、目が合わない。わざと逸らしているようにも見えた。

「ネットでも散々叩かれたんでご存じでしょう？　あいつ、我慢できないタイプなんで言っちゃいけないことズバズバ言いすぎたんです。そのせいでテレビも干されたわけですが、それ……テレビだけの話じゃなくて」

話が見えない。馬代がテレビを干されているということはすでに丹葉から聞いたが、テレビ以外の業界でも干されているという意味なのか。一体なんの業界の話なのだろうか。

病ＴＡＲＯＨは「わかるでしょ？」という顔で目を細めている。

「まあ、そういうわけでね。同級生のよしみもあって、今はうちの店を拠点にやってもらってるんです。おかげで今日みたいに繁盛するんですが、ちょっとキャパが足りないなぁっていうのが目下の悩みですよ」

ははは、と気さくに笑う病ＴＡＲＯＨとふと目が合った。そして、数秒私の顔を見つめる。

「あー……お姉さん、もしかしてＪＫですか」

心臓が激しく打つ。いや、嘘も吐いてないし、酒も飲んでいない。時間だって遅くないし、やましいことはなにもないはず。

とわかっていても病ＴＡＲＯＨがわざわざ『ＪＫ』と隠語を使ったあたり、内心穏やかではなかった。

「そうですけど……このイベントって高校生ダメでした？」

「ああ、違う違う。ごめんねぇ、驚かせちゃいましたよねぇ〜。ほら、あそこのお客さんなんか家族連れで、中学生の息子さんを連れてきてるし、全然大丈夫」

なんだか含みがあるような気がして、丹葉を見る。丹葉は口を挟まずスマホをいじっているだけだった。なんだかさっきからやけに静かだ。イラついているようにも見える。

病ＴＡＲＯＨはその後もチラチラと私を見ながら、イベントの感想や怪談師のことを話した。馬代の時だけ出囃子のＢＧＭが違ったのはトリだったからだそうで、『バタリアン』というホラー映画のＢＧＭだという。

「『バタリアン』もゾンビものなんですがね、なんてったってゾンビが汚い！　ルチオ・フルチ版ゾンビなんか目じゃない汚さでねぇ。それなのに走るわ跳ぶわ。『２』ではマイケル・ジャクソンのゾンビがダンスを踊っちゃうんですよ。笑っちゃうでしょ？　バタリアンはロメロの系譜を継いだゾンビとは違って、ピンポイントに生者の脳みそを狙うってのがオツで……」

聞いてもいない話が止まらない。なるほど、ヘビーな見た目はホラー映画好きが高じてのことだったのか。合点がいったが、それでもやりすぎだと思った。

病ＴＡＲＯＨは私の辟易（へきえき）した返事に気が抜けたのか、ようやく話題を変えた。

「融の怪談は初めてでしたら、当然会ったこともない？」

「会うだなんて。あんな有名人と」

ほんとはさっき会ったけど……。

「だったらあとで融と話しませんか？」

へっ？　と素（す）っ頓狂（とんきょう）な返事がでた。唐突すぎる提案に理解が追いつかなかった。

「銀髪の彼氏さんも一緒でいいですよ」

病TAROHは、丹葉を見て笑う。

「え、じゃあ――」

「いや違うし！」

かぶせ気味に否定する。丹葉は切なそうな顔を見せた。師弟関係ではあっても断じてそんな関係ではない。

「彼は弟子で」

「弟子？」

「いや、勝手に彼がそう言ってるだけで私が強要したとか、そういうんじゃないんですけど……丹葉もなにか言ってよ！」

「そうっすね、俺と師匠はただの師弟関係というか」

面白くなさそうに丹葉は吐いた。このすかした態度が余計に誤解を生むのではないかと気が気でない。

「あ、そうなの？　とにかく、こんな機会滅多にないんだから、挨拶程度にでも会ってみるといいですよ。このあと、アフタートークでちょっと話したら終わりですんで」

人見知りが激しい私がテレビにでていたような有名人と流暢（りゅうちょう）に話せる自信はない。だがえつの手がかりは欲しい。葛藤している私をよそに病TAROHは他の客に話しかけられ、場から離れてしまった。

「どうする？　丹葉」

「もう帰りましょうよ。なんも収穫ないっすよ」

やけにそっけない態度の丹葉の横顔を覗き込む。なんだか機嫌が悪そうだ。

「さっきから変だけど、なんなの？　まだ会場に霊がいっぱいいて落ち着かないの？」

「まあ、落ち着かないってのはそうっすけど……俺は反対すね、あんなのと話すなんて」

「どういう意味？」

そのままの意味すよ、と言い捨ててグラスのジンジャーエールを飲み干し背を向ける。

「ちょっとどこ行くの」

「ドリンクのおかわりもらうだけっす。帰ったりしませんよ」

そう言いながら丹葉は振り向きさえしなかった。なにをそんなに機嫌を損ねているのだ。

まさかさっきのことをまだ気にしているのか。

『お待たせいたしました。まもなく後半戦スタートです！　後半は出演怪談師によるぶっちゃけトーク。怖い話から笑える話まで、ここでしか聞けないとっておきの体験をお楽しみください！』

病ＴＡＲＯＨからさっき教えてもらったばかりの『バタリアン』のテーマが大音量で鳴り響き、三人の怪談師がステージに再び登場した。ライブが再開しても、丹葉は私のそばには戻ってこなかった。


一時間後、私と丹葉はステージ裏兼、控え室に通された。

舞台装置のものなのか、足元の至るところに蛇の群れのようなケーブルが波打っている。その隙間を縫うようにして、器用にテーブルと椅子が設置されていた。

控え室としても、機材室としても、狭すぎる空間だったが怪談師三人は特に不満そうな様子はなかった。

「融、ほら連れてきたよ。ご所望のＪＫだ」

病ＴＡＲＯＨのよくわからない紹介に小さくお辞儀をした。

控え室では、落語家の眠眠亭愛狐と我聞かなたが話に盛り上がっていた。その向かいに座っている馬代は耳栓をして本を読んでいる。

「『異世界転生したら超モテ王子になったのだが幼馴染みが辛辣すぎる』……」

私のつぶやきにギョッとして丹葉が思わず目を見開いた。私はただ馬代が読んでいる文庫本のタイトルを音読しただけだ。

「融、耳栓外せ！　ほら、連れてきたぞ」

聞こえていないのか、完全無視の馬代に業を煮やした病ＴＡＲＯＨが肩を叩くと馬代融は興を削がれたとばかりに音を立てて本を閉じ、やや間を空けてから一瞥をくれた。

「ああ君がやまちゃんが言っていたＪＫか！　なるほど僕のイメージ通りだ！　あと黒い！」

声でかっ！

トイレの前で会った時とは比べ物にならないほどの大声が耳に障った。

「おい融、耳栓外せ！　声のボリューム壊れてるぞ」

慌てた病ＴＡＲＯＨが馬代融の耳穴に指を入れた。なぜかされるがままの馬代は病ＴＡＲＯＨが離れると足を組み、「そうか」とつぶやいた。

「道理でなにも聞こえないわけか。異世界に集中するため耳栓をしていたことをすっかり失念していた」

いまいちノリが摑めず、丹葉と顔を見合わせる。

「ええと、りんちゃんに丹葉くんだ」

呆れた様子の病ＴＡＲＯＨが改めて私たちを紹介するが、馬代はうなずきもせず無言で聞いているだけだった。

「じゃあ、あとは任せるぞ。それじゃ、店に戻りますんであとはよろしくね」

「え、行っちゃうんですか？　待っ……」

大丈夫、と親指を立ててキラリと微笑(ほほえ)みながら病ＴＡＲＯＨは店に戻ってゆく。比喩(ひゆ)ではなく歯が光っていた。金歯だろうか。奥の落語家とＴシャツの怪談師はこちらには目もくれず、ひたすら駅弁の話をしている。

丹葉はなにも喋らない。かつてないほどの気まずさが私を襲った。

「あの、さっきはありがとうございます」

「さっき？　君とは初めて会うが」

「え……？」

本気で言っているのだろうか。馬代の表情からは真意が読み取れない。

「お前、人をおちょくるのもいい加減にしろよ」

「ちょっと丹葉、やめなよ！」

憤(いきどお)る丹葉を見た馬代の表情がわずかに動いた。

「野蛮ゴリラじゃないか」

「わかった！　表でろテメエ！」

「そうか……じゃあ、君はトイレの前にいた」

そう言って馬代は目を細め、私に近づく。あの時の近さがよみがえり、緊張した。

「性懲りもねえことすんな！」

すかさず丹葉は馬代の肩を摑み、私から引き離す。

「ああ……悪いね。眼鏡を壊してしまって今修理中なんだ。おかげで遠くのものが見えなくて」

馬代は近づかない代わりに目を細めた。

「あっ……」

そうか。チラシの馬代は眼鏡をしていた。きっと近視なのだろう。近寄らないと見えない……だから、そこまで私に近づかなければならなかったのか。極端に近すぎるが。

「そこの君は個性的なステンレス色の頭とゴリラのような巨軀ですぐにわかったが、君のことはわからなかったよ。すまないね」

「テメ……」

摑みかかりそうになる丹葉を宥める。

「とりあえず丹葉を挑発するのやめてください！」

「挑発？　ああ、そうか悪気はないんだ。ただゴリラに似ていたから」

「ぶっ殺す！」

丹葉が本当にゴリラになってしまいそうになるのを止めながら、悪気がないというのは絶対嘘だと思った。

「怪談が好きな女子高生を探していてね。適度にかわいくて、適度に媚びている感じがいいと病ＴＡＲＯＨには伝えていたんだけど」

ようやく馬代はこちらに目を向けた。

「なんかちょっと失礼な言い方じゃないですか」

「なにが」

「適度に、とか媚びている、とかです」

「ストレスを溜めないよう言いたいことは我慢しないことにしているんだ」

「言葉を選んでないだけじゃねえか」

「鋭いねゴリラ」

「まあまあ落ち着いて」

また椅子を蹴りそうになる丹葉を抑える。

本当にわざわざ火種になるようなことをなんで言うかなこの人は。丹葉が苦手そうだ。

「わかった。俺のことはいい、師匠に謝れ」

「師匠……？　誰だそれは。もしかしてそこのちっちゃいＪＫのことを言っているのかい」

「女子高生をＪＫって言うな気持ち悪ィ」

「わからないな。ＪＫが気持ち悪いのか。じゃあなんと呼べばいい」

「私は戸鳴りんです。こっちは真加部丹葉、幼馴染みです」

「そうか。僕は馬代融。怪談師でカイタンの代表でもある」

丹葉は馬代といると虫の居所が悪いらしく、少し離れた椅子に座った。不機嫌そうに腕を組んでいる。

「そういえば君はトイレのところで僕に怪談を聞かせてくれると言ったね」

「言ってませんけど、でもまあ話します。その前に……」

丹葉の様子を窺いながら少し声を潜める。

「怪談好きの女子高生を探してるって、なんですか」

「そのままだよ。怪談界の将来を担うスターを探している」

急に軽薄な語彙になったな、と思った。

「どうして女子高生を探し――」

「ちょっと困りますよお客さん！」

その時、控え室のすぐ外……ステージ付近で病ＴＡＲＯＨの大声が聞こえた。二、三度、格闘したようなガタついた音の振動が伝わってくる。

「そっちは控え室なんでだめですって！」

「あの、馬代さん！」

突然、控え室に現れたのは見知らぬ女だった。見たところ歳は三〇代くらい、カットソーのシャツを小ぎれいに着こなす、ごく普通の出で立ちだ。

「融……」

女の後ろで病ＴＡＲＯＨが手を合わせ、「ごめん」のジェスチャーをした。どうやら女が強引だったので、入れるしかなかったようだ。

馬代は表情も変えず、じっと病ＴＡＲＯＨを見ている。無言の威圧を感じる。シンプルに怖い。

「実は友達が霊障に遭っていて困ってるんです！　馬代さんだったら解決できるんじゃないかって」

「僕は怪談師で、占い師でも霊媒師でもありません」

「でも詳しいんですよね？　とにかく話を聞いてもらえませんか」

「……いいですが、聞いたお話の内容次第では怪談として他で語らせていただいても？」

「もちろんです！　聞いてくれるんですね」

馬代の胸が小さく上下した。溜め息を押し殺したようだ。不遜に見えて、気は使えるらしい。

「師匠、なにしてんすか。今がチャンスすよ、ここからでましょう」

「待って」

本当ならここでていくのが正解だろう。見るからに面倒そうな女だ。ここに留まっていたらどんなとばっちりを喰らうかわからない。

だがここに残っていないと、シャバネについて訊けるチャンスを失ってしまうかもしれない。そう思うとでていく選択肢はなかった。

「またあれこれ言いがかりつけられて帰る機会逃しますよ」

そう言いつつ、丹葉は黙って従った。

興奮している様子の女を前に、馬代は飄々とした姿勢を崩すことなくICレコーダーをテーブルに置く。

「録音します。ご安心ください、あくまで怪談の蒐集としてですので」

なんの『ご安心』なのかはよくわからなかったが、女もとりあえず同意したようだ。二度咳ばらいをし、喉に手をあてると神妙な面持ちで語りはじめた。

「実は三カ月前に友達の身内に不幸があったんです」

「不幸とは具体的にはどんなことでしょうか」

「友達の祖父が亡くなったんです。ずっと病床に伏していて、二年くらい前から覚悟しておくようにって言われてたんです。だから亡くなったのは、悲しいけれど覚悟していたことだった。けれど問題は祖父が晩年、しきりに口にしたあるものについてなんです」

『あるもの』とは【爪墓(つめはか)】だった。

孫である友人にだけ決まって「爪墓はどうだ?」と訊ねてくるのだという。最初こそ友人はそれがなにを指しているのか気になったが、毎日となると次第に慣れていった。爪墓がなんなのか、疑問に思わなくなった。

友人の家族もみな、爪墓のことは知らない。軽い認知症が表れているのだろうと口を揃えて、重く受け止める者はいなかった。その友人も同じだった。

「おじいさんが亡くなって、荼毘(だび)に付した時でした。綺麗に骨だけになった遺体は、どういうわけか両手両足の爪だけが焼けずにそのまま残っていたんです」

「なるほど。あり得ないですね」

「そうなんです！　あり得ないことなんです。しかも、残っていた爪は十九枚」

「一枚足りませんね」

「そう、左手の中指の爪だけがありませんでした。生前、手の爪が一枚なかったなんて話は聞いてなかったといいます。単純に燃えてしまったと考えるのが自然ですが、なにしろ十九枚の爪はそのまま残っているので」

「十九枚だけが燃えなかった理屈がわからない、と」

女はうなずいた。私はその話に聞き耳を立てながら、無意識に生唾を飲んだ。初めてプロの怪談を聴いたあと、今度は生の怪談である。怪談尽くしでありながら、どちらの怪談も種類は違うもののリアリティがある。

私は馬代がステージで語った『万年筆』を思いだし、この爪の話を馬代が語るとどうなるのか興味が湧いた。

だがこの話、ここで終わればただの『怪談』である。そこからまだ続きがあった。

「おじいさんの四十九日が終わったあとの月命日。友達の爪が剝がれたんです」

「剝がれた?」

「はい。なにかに引っかけたとか、ぶつけたとかではなく、普通に家でスマホをいじっていたら急に左手の中指に痛みが走って……。驚いて見てみると、爪が皮一枚でぶらさがっていたんです」

ほう……と相槌を打った馬代の顔に、あきらかな興味の灯(ともしび)がともった。

「それから彼女は毎晩、おじいさんの声を聞くようになったんです。『爪墓はどうだ、爪墓はどうだ』と」

「その声はいつ聞こえた？」

「決まってベッドに入って明かりを消すと、です」

丹葉が肘で私をつつく。わずかに顔を上げるとなにか言いたげに私を見ていた。

無言のままそれにうなずく。丹葉が言わんとしていることはわかっている。『友人の怪異』を話している女の左手の中指に包帯が巻かれている。

馬代は一切、視線をそこにやらないが確実に気づいているだろう。この話はおそらく、『友達の話』などではなく、『自分自身の話』なのだ。なんらかの理由で自分の体験であることを伏せている。

――でも、あんなあからさまにしてたら誰だって気づくよね。

わざと気づかせようとしているのだろうか。居心地の悪い気味悪さだけが場に居座った。

「なるほど。奇怪なお話ですね。それはそれとして、この話を聞かせて僕になにを期待しておいでですか」

「おじいちゃんを鎮めてほしいんです」

……もう『おじいちゃん』って言っちゃってるよ。最初は『友達のおじいさん』って言ってたのに。

丹葉もなんとも言えない顔をしている。その表情から読むに、少なくとも霊の類が寄ってきてはいないようだ。

「確認しますが、それはあなたのご友人の話で間違いないですか。例えば、実はあなた自身の話とか……」

馬代がそう問うと女は急に目の色を変え、立ち上がった。

「なに言ってるんですか！　私の話？　バカにしないでください。友達の話って言ってるでしょう！」

今にも飛びかかりそうな剣幕の女を前に、丹葉が身構えるのがわかった。なにか動きがあれば止めに入るつもりのようだ。

「あ、あの！　お友達は今もなんらかの霊障で苦しんでいるということですか」

思わず口を挟んでしまった。

涼しい顔で嘘を暴く馬代が相手では余計に女を刺激してしまう。私たちの話がまだなにも進んでいないのに、馬代に怪我をされてはまずい。というよりここでトイレでの件をチャラにできるなら安いものだと思った。

女は私たちのほうに振り向くと、鬼の形相が崩れた泣き笑いのような感情の読みづらい顔で「そうなのよ！」と同調する。

「三カ月前におじいちゃんが死んで、その翌々月に爪が剝がれたの。すぐに病院で処置してもらって、くっつきかけてた。なのにその翌月の同じ月命日にまた剝がれた！　ちゃんと固定してたのに！」

そう言って左手の包帯を強調した。指先にはうっすらと赤いシミが見える。

「お友達は災難でしたね、辛かったと思います……。これは馬代さんにしか解決できませんよね」

私がそう言うと女は何度も大きくうなずいた。そのたびに髪が乱れ、最初に現れた時とは別人のような風貌になっている。

「師匠……、関わんないほうがいいんじゃないですか」

なにか危ういものを感じたのか、丹葉は女に聞こえないよう耳打ちした。

「もう遅いでしょ。完全に」

「そうっすけど……」

丹葉が苦虫を嚙み潰したような顔をする。私自身、なぜこんなことになっているのかはよくわかってない。

すぐそばで「ふぅ……」と小さな溜め息が聞こえる。目を移すと、やれやれといった様子で馬代がうつむきがちに目を閉じている。

「事情はわかりました。解決のお約束はできませんが、できる限りのことはやってみましょう」

『占い師でも霊媒師でもない』と言いながら、突然掌を返した。

馬代は私たちに一瞥をくれることもなく、三白眼の冷めた瞳を女に向け、着席するよう勧める。そして、おもむろに立ち上がると私たちに近寄ってきた。

「いいね、決めたよ。やっぱり君がいい。明日十四時にきてくれ」

馬代は名刺を差しだした。裏面には『株式会社カイタン』の住所と電話番号が記載されてある。

「そこが僕の事務所だ。ふたりできてくれていい」

それだけ言うと再び女に向き合い、テーブルへ戻ろうとする。

「えっ、でもまだその人が……」

呼び止めようとすると馬代は「話の続きは明日」と言い放った。

「師匠、今日のところは帰りましょう。時間も時間ですし」

そう言われて時計を見る。もう二十三時に迫る頃だ。

「明日、俺も付き合いますから」

「うん……」

後ろ髪を引かれる思いで、私たちは666カフェをあとにした。

7

翌日。十四時に私は名刺に記載されていたビルの前にきていた。

『カイタン』なる屋号の事務所はこのビルの七階にある。昨晩の666カフェほどではないが、古そうな建物だ。十四階まであるビルの内部は、様々な個人事業主や小さな会社のオフィスで占められていた。思っていたより普通のビルで安心した。

丹葉と共にカイタンを訪ねると融が出迎えた。昨日の和装とは違い、シャツにデニムというラフな格好だった。着ているものでまるっきり印象が変わり、昨日の異様なほどの雰囲気はない。

「室内の温度上がっちゃうんで早く入って」

神経質に私たちをそそくさと中に入れると、殺風景すぎる光景が広がった。真っ白いオフィスにデスクが何台か。棚も白ければ照明器具も白。ブラインドも白。ここまで真っ白だと白になにか恨みでもあるのではないかと逆に勘繰る。怪談の時は黒いのに。

「怪談系の賞レースってつまんなくない？　だってこの類の賞レースは怪談を語って、審査員が評価するシステムでしょ。ただ単純に主催が『仲良しが推している怪談師をスターに祭り上げる』ためのもので、普通に出来レースだよね。本当に怪談師のナンバーワンを決めたいならそれこそ、ちゃんと聞き手の評価を吸い上げる仕組みを確立してからやったほうがいいと思う」

客用のソファに腰を下ろすと融は誰も訊いていないのに一方的に喋りはじめた。ほとんど、なんのことを言っているのかわからない。とりあえず私は「はあ……」と相槌を打ちつつ、聞き流す。

「師匠、なんすか怪談師がどうとか」

「とりあえず、気の済むまで喋らせてからこっちの話すればいいんじゃない」

なるほど、と丹葉は背もたれに身体を預けると目を閉じた。まさか寝るつもりだろうか。そんなわけはないという私の思いも虚しく、ほどなくしてイビキが聞こえはじめる。

「ああいうのがくだらないっていうのは、僕だけが言ってることじゃなくて他にも景本社の宮本さんだとか、評論家の新谷さんも言っていて。彼らが言っていることは僕とはある方向では少し違うけど、それ以外では一緒だったりするんだよね」

昨晩に初めて知り合ったばかりだというのによく喋る男だ。それにしても……。

「なに？」

「えっ」

「じろじろ見てる」

あ……、と私は言いよどみ、自分の目を指差した。

「ああ、これのこと？　家用だよ、ここが痛くない」

融は眼鏡を持ちあげ、鼻梁（びりょう）をつまんだ。

なぜにこんなにも昨日と別人に見えるのか。着ている服や場所のせいばかりではない。眼鏡のせいだ。

「それで怪談界の現状というのは……」

まだ続くのか。これは止めない限り続くのではないだろうか。

そう思いつつ見たことのない銘柄（めいがら）の缶ジュースで口を湿らせ、ベラベラと喋り続ける融を見た。

本当によく喋る男だ。しかし口が達者でお喋りというわけではない。好きなことや得意分野の話になると唇が乾かないタイプなのだろう。その割に普段の融といえば線で引いたように口元は一文字。会話中でもほとんど表情が変わらない。お喋り好きにこんな不愛想な人はいない。

「そもそも【怪談】という名称をアップデートしなければならないと僕は思う。怪談というのは死に関する民話や神話から派生し、古くは平安時代から語られていたものだ。それを今も怪談と呼ぶのは僕は疑問を感じるね。都市伝説は怪談か、という議論がよく持ちあがるが――」

「このジュースまずいですね」

「まずいよ。ディスカウントスーパーで一缶二〇円だったし。最初から味には期待してない。友達の友達から聞いた話という前提において展開される都市伝説は――」

いい加減、話を終わらそうとあえてジュースに話題をすり替えようとしたが、失敗に終わった。融は話を戻す。

空気を読めないのか、読んでいないだけか、それとも大マジか。

それを判断できるほど私はこの男のことを知らない。

「わかんないかな。つまり、どれだけくだらない茶番劇でも、場にでることさえできれば怪談界では一目置かれる存在になるってことだよ。りんちゃん」

「へっ？」

突然、馴れ馴れしく「りんちゃん」だなんて呼ばれ、私は反応が遅れた。会って二回目の女子高生を名前で呼ぶか普通。思わず浮きでた腕の鳥肌を擦った。

「だから、りんちゃんは怪談師になるべきだと思う」

パソコンのそばにある一口チョコの包み紙をひらき、チョコレートを口に入れると融は私と目を合わせることもなく飄々と告げる。

「んま」

融の顔が緩んだ。かと思うとすぐに戻る。なんだ今の。

話をちゃんと聞いていなかった私も悪いが、突然馴れ馴れしくちゃん付けで呼ばれ、怪談師になれと言われても理解が追いつかない。

「怪談師……って、なんで私が！」

「前々から探していたんだ。怪談が好きで怪談が喋れるかわいいＪＫ」

融は改めて私を頭からつま先までじっくり見つめると、「まあまあ、かわいいＪＫ」と訂正した。どういうことだ。

「話に脈絡がなさすぎてわかりません！」

「脈絡がないことない。昨日、言ったろ。ＪＫ怪談師を探してるって」

「言ってません」

「そうだっけ。まあ、どっちでもいい。そういうわけでりんちゃんが一番、理想に近い。今、空前の怪談ブームなの知ってる？」

怪談ブーム……？　そうなのか。日常生活であまり怪談という単語は聞かないだけにピンとはこない。

「最初はね、稲村JJやチェリー銀造、にぎり空豆とかが飛びぬけて知名度があって、テレビでも夏場によく怪談を語っていた」

「誰ですかそれ」

「え……っ！」

いや、『なんでそんなことも知らないの』みたいな顔されても。

「まあいい。怪談を専門職にしたのはおそらく稲村JJが最初だろうね。彼は今も怪談界を牽引している存在だ。神様だし」

「稲村JJ……ですか」

私の宙を漂うような言葉と泳ぐ目に融は一瞬、ギョッとした。

「まさか、神様も知らないのか」

「ちょっと最近の流行りにはついていけなくて」

「流行りの話はしていない、レジェンドの神話だ！　信じられないな……、教養は金で買えないぞ」

教養は金で買えないの意味はよくわからなかったが、とりあえず適当に謝っておく。大きな溜め息をわざとらしく吐いて、融は続けた。

「まあ、簡単に言うと怪談師の第一人者だね。もともとはコメディアンとして有名だったけど、いつのまにか怪談のほうで知られるようになった。コメディアンだけあってアクションが大きくて迫力がある。今じゃ専門家だ。彼に憧れて怪談師になったって輩は呆れるくらいに多い。彼が築いた功績は偉大なものだ。

とはいえ人気に拍車をかけた直接的なきっかけは『新耳袋』だろうね。現代版百物語として怪談ブームに火を点けた。しかしこの段階ではまだブームというには小規模すぎる。そこでやってきたのがネット時代の到来」

「なんだか難しい話になってきました」

どこが？　というあからさまにバカにしたような目で見られた。だが融は一瞥しただけで話をやめようとはしない。

もはや自分が喋りたいだけなのだと思った。

「インターネットで個人が心霊スポット紹介や怪談、都市伝説を発信できるようになった。某巨大掲示板でも専用のスレッドがたち、コアな怪談ファンはネットの海に拠りどころを見つけ、やがて動画配信の流行がやってくる。個人配信者やタレントたちが怪談を発信しはじめるとたちまち各地で怪談ライブや、怪談イベントなどの催しが開かれるようになり、それに目をつけたのがオカルト研究家であり作家のMr．Qさ。怪談とオカルトに特化した会社を起業した」

　そこで登場するのが怪談コンテスト。漫才の賞レースのように勝ち抜きで選りすぐりの怪談師を選出する。大規模というほどではないが、毎年テレビで放送されるほどには大きなイベントになった。

　興奮気味に融はそこまで一気にまくし立てた。

「へえ……じゃあ馬代さんにとってはそのMr．Qて人も神様なんですね」

　私が訊ねると心なしか融の表情が険しくなった。

「怪談ライブは東京名古屋大阪の三大都市以外でも兵庫や広島、福岡などで活性化しているし、全国で怪談ブームが起こってる。僕はブーム以前から怪談師をやってるけどね。僕がやりはじめた時は『怪談師』なんて言葉もなかったし」

　私の質問が聞こえなかったように融は話を続けた。いつのまにか表情は戻っている。一瞬だけ見せたあの顔はなにを意味していたのだろうか。

「怪談がブーム……知りませんでした」

　本心を言えば、ブームがきているようには思えなかった。

「そうだろうな、ブームとはいえ世間に認知されるほどではないのが現状だがね。だがそれでもこれまでに比べれば空前の規模だ」

「なんでそんなに怪談が流行っているんですか」

「世間が気づいたのさ。『怪談は話芸』だってね」

「話芸……？」

「怪談の源流は落語からだって言われてる。東海道四谷(よつや)怪談とか番町(ばんちょう)皿屋敷とか、古典怪談は『怪談噺』として昔から語り継がれてきた。『笑い』と『怖い』が同じところにあるっていう証拠」

　なんか難しい話になってきたな……。

「細かく分けると色々あるが、大別すると怪談は――」

「ままま、待ってください」

「なんだ？　話の腰を折られると説明しにくいんだけど」

　それはそっちの都合である。いくらなんでも乱暴すぎる。

「ええっと、ご高説中申し訳ないんですが……なぜ私が怪談師になる方向で話が進んでいるんでしょう？」

「今説明している。いいか？　怪談にはふたつあって――」

「違くって！　……馬代さんが怪談師を探してるっていうのはわかりました。それで私が探している怪談師像に近いっていうのも。でも私はなるって言ってませんし、その話をするためにここにきたんじゃないんです！」

「え、違うの？」

　融は意外そうな表情を浮かべた。

　それでも自分のペースで話を続けようとするのを制し、私は正直にここへきた理由を話すことにした。この男と駆け引きの真似事をするのは危険な気がする。

「馬代さんに聞いてほしい話があるんです」

　そう切りだすと融はあからさまに顔が明るくなった。

「そうか！　そうだった、君には怪談があるんだった！」

　いても立ってもいられない、といった様子で融はパソコンデスクからソファに移動した。

「チョコ食べる？　これハワイのやつなんだけど」

「え、あ……ありがとうございます」

「それでそれで？　どんな話？」

　ついていけない豹変（ひょうへん）ぶりだった。今まで散々うんちくを聞かせていたくせに、突然家に遊びにきた友達のような態度になった。

「チョコを食べると脳にいいんだ。ほら、ひとつ食べて。そして話すんだ」

　融はそう言いながら自分が先に食べた。

「んまぁ……」

砕けた表情がさらにもう一段階綻ぶ。やはりさっきのは見間違いではなかったようだ。どんどんこの男のキャラが摑めなくなってきた。

「じ、じゃあ……話しますよ。でも怪談というか、相談というか……」

キラキラとしたまなざしで見つめられると言いにくい。なにしろ私はえつに起きたことを怪談だとは思っていないからだ。どちらかといえばSFに近い。

話したところであからさまに期待外れな顔をされたらどうしよう。

「昨日の人が怪談を話すって言ってきた時となんだか反応が違いますね……」

「ん、ああ。あの人ね。それはあとで話すよ」

ひゅっ、と顔つきが戻る。そうだ、そのくらいの顔つきのほうが話しやすい。

「わかりました……実は私、妹がいたんです」

相槌のひとつでも打ってくれるかと思ったが無反応だった。ちらりと融を窺うとキラキラとしたまなざしで見つめている。

私は覚悟を決め、話すことにした。えつが消えたあの日のことを話すのは、ずいぶん久しぶりのことだった。だけど、一日たりとて忘れたことなどない。今でも昨日のことのように、鮮明に思いだせる。

「二年前の話です」

# 8

私は融に妹がいなくなった経緯を語った。

えつはあの日、学校の帰りに見知らぬ僧……網代笠（修行僧が被る三角の笠）で顔が見えない修行僧と会い、妙なことを言われた。それが【シャバネ】――。

「【シャバネ】というのは？」

話の途中で融が訊ねた。

「わからないんです。一体なんのことか……」

ふむ、とつぶやき融は思案した。

あの時、えつが話した【シャバネ】がなんなのかわかれば手がかりになるかもしれない。だがいくら調べても、言葉の端すらも摑めない。【シャバネ】という言葉だけ抜け落ちているようで気味が悪かった。

「続きを聞かせて」

「お坊さんは妹に手鏡を手渡しました。そしてこの話を人に『話すな、聞かせるな』と忠告したそうです。すると目の前でお坊さんは煙のように消えたといいます。妹は恐怖を感じ、一目散に帰ってきました」

えつはこの話を人に『話すな。聞かせるな』と言われたことに気を揉んでいた。私だけは例外だと思っていたから話してくれたものの、これでなにかあればどうしようと怯えていた。

「それで?」

「それで……その……」

「いなくなったのか」

結果を読まれ、私はうなずく。

「いわゆる『話してはいけない系』の怪談だね。類似怪談だと『牛の首』とか『鮫島事件』がある。りんちゃんの話のように、『話すと不幸がある』が、『怪談の内容自体はよくわかっていない』というもの。いずれにせよ話し尽くされた感のあるジャンルではある」

「話してはいけない系……」

「同系統だと『忘れてしまう系』もある。なにかを言われた、されたが思いだせない。というものだ。例えば昔仲が良かった友達。記憶は鮮明だが名前が思いだせなかったり、顔が思いだせなかったりする。周囲の人間に相談しても誰もその友達を覚えていない。次第に本当に実在したか自信がなくなる……」

「誰も……覚えていない……」

「師匠、大丈夫すか」

丹葉の声にハッと我に返った。眠っていたはずだったが異変を感じ取ったのか、気づくとこちらに身を乗りだしていた。

「そうだ……丹葉、丹葉はちゃんとえつを覚えているよね！」

「なに言ってんすか、当たり前っすよ」

「そう……そうだよね、えつは……いる」

「師匠が信じてやんなきゃ、えっちゃんがかわいそうじゃないっすか。師匠しかえっちゃんを覚えている人はいないんすから！」

「うん……そうだね、ごめん」

心臓が高鳴る。もしかしてえつはいないのかもしれないという不安で潰れそうになった。

「妹がいなくなった。……それだけじゃないのか？」

黙って私たちのやりとりを見守っていた融が頃合いを見計らって訊ねた。

そう。この話はただ単に妹がいなくなっただけの話ではない。妹が、えつが『この世にいなかったことになってしまった』話なのだ。

「正直、今でも夢か現実か自信がないんですけど……」

「話して」

　丹葉に目線を送る。彼は黙って見つめ返した。

「……妹がお坊さんに手鏡を渡された話をしたあと、手鏡から手がでてきたんです。私、動くことができませんでした。それで身動きが取れないままただ成り行きを見守っていました。妹も同じで硬直しちゃってて」

　そして、手鏡からでてきた手は床に踏ん張り、さらにその姿を現した。手の甲に籠手のようなものがあり、私はひと目でそれがえつの言っていた僧のものではないかと気づいた。

　やがてその手が肩まで現れ、ばたばたと床をあちこち叩いた。

　直感的にえつを探しているのだとわかった。

「えつ！　こっちへおいで！」

　えつが危ない、と思った瞬間から体は自由になった。そして、えつの手を掴み部屋をでようとした。

『だから言ったであろう』

　真後ろから低くくぐもった老人の声がした。反射的に振り返ると、私が掴んでいた手はえつではなく僧の手だったのだ。

「わああっ！」

『この娘は【シャバネ】に連れてゆく。もう手遅れだ。悲しめ。嘆け。悔やめ』

憎の手は手鏡に沈んでいき、私もまた気を失った。

「それで次に目が覚めた時には妹はこの世界から忽然と姿を消していたんです」

「消していた……とは？」

「失踪とかそういう次元じゃありません。さっき馬代さんが話したような……、『誰も妹のことを覚えていない』んです。ううん、そうじゃない。最初から私に妹がいなかったことになっていた」

「だけどりんちゃんの妹は少なくとも二年前までは同じ家庭で育ったんだろう？　それなら周囲の人がいくら彼女を知らないと言ったところで、妹が存在していたという痕跡は多く残っているはずだ。人間ひとりがまるまる消滅するというのは大ごとだぞ」

私は反論できず、うつむいた。

融は黙っている私を不思議に思ったのか、観察するように私を見つめている。

「……なんもなかったんだよ」

話せない私の代わりに丹葉が続きを引き取った。

「なにもない？」

「そうだ。えっちゃんは師匠のもとから消えて、持ち物も写真も戸籍もなにもかもがなくなった。えっちゃんは記憶だけの存在になっちまったんだ」

融は黙り込んで顎を擦った。考え込む時の癖だろうか。

「……実に魅力的な話だが、それは怪談というより精神的なものが原因じゃないのか」

「なんだとテメエ！」

丹葉の怒りが瞬時に沸点に到達する。

「やめて丹葉！」

「だけどこいつ師匠のこと頭おかしいって言いやがったんすよ！　俺は師匠にそんなこと言うやつは許さねえって決めてんですよ！」

「だからやめてよ！　えつを助けられるなら、私がどう思われたっていいの！」

今にも摑みかかりそうに興奮していたが、丹葉はなんとか私の言葉で思いとどまってくれた。

「そこのゴリラくんには悪いけど、僕の見解は変わらない。一度ちゃんとしたカウンセリングを受けたほうがいい」

「まだ言うかテメ……」

「りんちゃんを馬鹿にしている気は毛頭ないよ。それよりも精神科を冒瀆するような真似はやめろ。あそこに行く人を馬鹿にするのなら僕が許さない」

痛いところを突かれたのか、丹葉は叫びそうになった声を飲み込み、苛立った足取りでソファの周りをうろついた。

「悪気がないのはわかっているが、それはお互い様だ。それに僕は真剣に忠告している。人ひとり失踪するのは現実に起こり得ることだ。だが最初からいない人間を君ひとりが覚えているとなれば話は別だ。強い妄想……思い込みかもしれない」

融は言及しなかったが、そもそも私たちがコンタクトを取りにきた理由がこれだと察したのだ。そこまでの行動力で思い込みを信じ込んでいるとしたら、深刻な状態だと思われて仕方ないだろう。だが——。

「私もそう思ったんです、何度も。確かに私は小さい頃のえつの顔しか思いだせない。……でも、ちゃんと子供の時のえつは思いだせるんです。それに顔は忘れたけど、えつとの思い出はいくつもある。あれが思い込みの作った偽の記憶だなんて思えない。そしてなによりも、丹葉がえつを覚えている！」

融は丹葉を見た。丹葉は強いまなざしで答えた。

「そうか……。正直、信じるべき案件か悩むがね。これでも『怪談師』を名乗っているものだから、それを『嘘だ』と断ずるのは立場上恥ずべき判断だね。僕は精神疾患については専門家じゃないから、君がどういう状態なのかはわからない。少なくともごくまともには見えるが……」

「これは怪談です」

「……そう言われちゃあね」

深く息を吐くと融はソファに倒れかかった。

それを横目に丹葉が口を開く。

「それでえっちゃんの手がかりを探している。ぶっちゃけ、探すって言ってもなにをすればいいかわからなくて八方塞がりだ。それなら専門家に聞くのが一番確実だって話になったんだよ」

「浅はかなプランだね。……まあ、それでもしょっぱなで僕に当たったのは幸運だったと思うよ。普通ならこんな話、聞いたところですぐに門前払いさ」

「テメエも充分マウント取ってんじゃねえか、同類だよ」

ほら、だから帰ろうって言ったんすよ！　と丹葉は息巻いた。

「まあ待ちたまえよ。野性のゴリラは荒ぶって困る。僕が門前払いにしないという理由は【シャバネ】に心当たりがあるからさ」

丹葉が暴れそうになるのを押さえ、「なにか知っているんですか！」と訊ねた。

融は表情も姿勢も変えないまま、しばらく沈黙を守る。

「ほらな！　結局、なんもねえんすよ」

「そういえばこの話、ゴリラくんも聞いたんだよね」

丹葉の挑発に被せて融は訊ねた。自分に質問が飛んでくるとは想定外だったのか、丹葉は眉を歪んだハの字にした。

「当たり前だろ。じゃなきゃ、ここにいねえし」

「おかしいな。『聞いてはいけない話』なのに、なんの怪異にも見舞われていない」

そのことについては私も気になっていた。そもそも丹葉にこの話をすること自体、危険だった。口ごもる私から強引に聞きだしたのは丹葉だが、最終的に話す決断をしたのは私だ。

丹葉は普通ではない。スーパー霊感体質である。

聞かせればあらゆる怪異が襲いくるかもしれない。それをわかっていても丹葉と共にいるのは、彼が望んだから……という理由だけではなかった。丹葉はその体質ゆえにえつの存在を思いだせた。だが私といないと丹葉はまたえつを忘れてしまうかもしれない。根拠はないが、私にはそう思えてならなかった。

そんな気がするのではない、事実だ。

数日私と会っていないだけで丹葉はえつの話をしても思いだすのに時間がかかった。えつを思いださせる人間がそばにいないと、丹葉ですらえつの記憶を失ってしまうのだ。私は……それがなによりも恐ろしかった。

当然、丹葉本人には言えないでいる。

「けど、あんただって話を聞いてもなにも起こらないじゃねえか」

「バカかね。仮になにかが起こるとしても早すぎるだろう。話を聞いた直後に怪異が起こるような即効性のある怪談などもはや【呪い】だ。そんなものがあるなら逆に僕が知りたいね」

「あーはいはいそーですか」

屁理屈をこねる融に、丹葉は言い争いは不毛だと気づいたようだ。

「その手鏡を渡された本人に危険が及ぶ、と考えたほうがいいかもしれないな。話をしてはいけない、聞かせてはいけないというのはあくまで僧が選んだ人間のみが対象……。そう考えるなら、二次感染以下は対象にならない。なるほど興味深い」

「二次感染者？」

「便宜的に直接関わった人物を一次感染者。間接的に関わったのを二次感染者と呼んでいるだけさ。『聞くと不幸が起こる系』はチェーンメールに代表される感染系の話だ。拡散系とも言われるけどまあ同じことさ」

ああ、そういうこと。と私は膝を打つ。

「まあ、いいさ。そこは今重要じゃないだろう。それよりも【シャバネ】の件だ」

融はチョコをつまんだ。また顔が幸福に包まれる。もしかして本人に自覚がないのだろうか。チョコを食べるのが喋りだす時のルーティンになっているっぽいので触れないでおこう。

顔が戻った融は私を見つめた。

「実は【シャバネ】の名が登場する怪談はいくつも存在する」

「本当ですか！」

驚きに声が大きくなる。融は声圧に一瞬酸っぱい顔になった。

「『シャバネのヤマイ』という話があってそれもいくつかのバージョンが存在している。『シャバネのノロイ』とか『シャバネのカガミ』とか」

「シャバネのカガミ……」

「実はそれについては僕も不思議に思っていて、興味があった。なぜか日本全国に『シャバネ』のつく話は点在していて、そのどれもが話の筋はほぼ一緒。りんちゃんの話にしてもよく似ている」

「確かに【シャバネ】って言葉が入ってますもんね」

「そうだがそこだけじゃない。【シャバネ】という謎の言葉が入ったこれらをシャバネ系統と呼ぶが、シャバネ系統は決まって、語ってはいけないという前提がある。それにもうひとつはその手鏡。シャバネは『話してはいけない系』の話でありながら、どれも必ずキーになるアイテムが登場する。それも話のバージョンで違うのだけど、三パターンしかない」

刃物、石、鏡がそれだと融は説明した。これも話のバージョンで刃物だとナイフだとか包丁、石の場合だと勾玉（まがたま）であったり石像であったりするらしい。だが共通して刃物か石か鏡で根本的なものは変わらないという。

「神社で修行僧に出会い、一方的に怪談を語られアイテムを渡される。ここまではどの話もほぼそのままで、その前後が語られている地域によって違う。ただ、この話を実体験として聞くとは思わなかったけどね。信ぴょう性はかなり低いと僕は思っている」

「それってまだ疑ってるってことですよね」

「勘違いしてほしくない。僕は誰の話であろうが基本的には疑っているし、信じていない。僕自身が語っている怪談だって全部眉唾だと思っているからね」

よく言うよ、という丹葉の愚痴が聞こえる。

そういえば昨夜のイベントでも融は『霊を信じていない。わからないものは面白いから蒐集している』と言っていたことを思いだした。

「あっ、そうだ……そういえば私、持ってきているんです」

融は、なにを？　と興味なさげに訊いた。

リュックからそれを取りだすとソファの前のテーブルに置く。

「妹の忘れ形見の、手鏡です」

融は目線を私の手元に落とした。件の手鏡だ。

『あるのか実物が！』と飛び上がって喜ぶのを想像したが、融は静かだった。

「あれ……興味なかったですか」

「いや、べつに」

「手に取って見てもらっていいですよ。シャバネの鏡、っていうんですよね」

「いや、いい」

融に手鏡を差しだすが融は受け取らなかった。それどころか忌避(きひ)しているようにすぐに目を逸らした。

「調べたりしないんですか。興味があるとばかり」

「興味はあるけど、まあ大体わかるんで」

丹葉と顔を見合わせる。なにかおかしい。というか声が小さい。

「師匠、ちょっと貸して」

丹葉は手鏡を取り、融へ突きだした。

「うぉ」

短い声をあげ、融はそれを避ける。意地悪な丹葉はさらに前に突きだした。

「わわ」

融は飛びのくように避ける。そして、あたかも最初からそのつもりだったといわんばかりに立ち上がると、ソファの奥のデスクチェアーに座った。

「あんた、もしかして怖いのか」

「は？　なに言っちゃってるの。怖いわけないし。僕、怪談師だよ」

明らかに表情に焦りが宿っている。まさか、そんなことがあるのだろうか。本人が言っている通り、融は怪談師であり怪談蒐集家でもある。

「じゃあ、ほら。実際に手で触れて調べてみろよ」

「やめろ！」

丹葉はこちらを振り返り、邪悪に笑った。これは確信を得た顔だ。まさに鬼の首を取るとはこのことだろう。

「オラオラオラオラオラ」

「やめめめめめめめ！」

「丹葉！」

「おっとすみません師匠、怖いの大好きな馬代さんなのでついついサービス精神旺盛（おうせい）になってしまいました」

丹葉は気持ちいい顔で微笑んだ。機嫌の悪さは綺麗に吹き飛んだようだ。

融の意外な一面を垣間見た。だが全く理解不能で頭が混乱する。怪異にあたるものが怖い？　一体どういうことだろう。

「ぶっちゃけマジ平気だし。ちょっと体調悪いだけだし」

表情はそのままで、汗だけを顔中にかいている融がソファに戻る。丹葉はさっきまでの殺気だった様子が嘘のようにニヤニヤと融を見つめている。

しつこくふざけるので手鏡は没収したが、完全に弱みを握った悪者の顔だ。

「とにかく……僕はりんちゃんの話を信じよう。改めてその上で――」

一拍置く融の三白眼のまなざしが刺すように私を見つめた。

「取引といきたい」

# りんと丹葉と怪談蒐集

# 1

某日某所。

天気は曇り。天気予報では雨は降らないと言っていたが、信用できないくらい灰色の空だった。

高速道路を降り、バイクで四〇分走った先に目指す町があった。

灰色の湿ったような空気を裂いて、バイクは進む。丹葉の駆るバイクはカワサキの900なんとか……という車種らしい。

バイクに二人乗りをしている私と丹葉の間には、ぽっかりと『えつ』という大きな穴が空いていた。その穴に湿った空気が通り、鳥の鳴き声みたいな切なく細い音がするのだ。この音が鳴っている間は、私が本当に笑える日はこない。

「……あ」

風の匂いと肌触りが変わった。フルフェイスのシールドを上げ、直接風の感触を確かめる。潮の匂いだ。

「海が近くなってきましたね」

「なんかこの匂い、久しぶり」

「海、寄っていきますか」

「ううん。そういう目的じゃないし、雨も降りそう。早く終わらせちゃおう」

「うっす」

丹葉の返事と呼応するようにエンジンが唸った。まるで不安を打ち消そうと虚勢を張る自分の心を表しているようだった。

私たちが向かっているのは【爪墓】。先日の怪談ライブで融に詰め寄った女の話についての取材だ。女曰く、【爪墓】は日本海側の海から近い土地にあるという。カイタンのオフィスで融と話したあと、私たちは女に話を聞いたのだ。

数日ぶりに会った女は、ライブの時に見せた興奮気味のハイテンションは見る影もなく、むしろ迷惑そうに私たちと対面した。

「取材？　本当に行くの」

私たちが【爪墓】に行くつもりだと告げると、女は訝しんだ。

そもそも【爪墓】とはなんなのか？

「爪墓については友達もわからないって。ただ、おじいさんが亡くなって爪が剝がれる怪異があってから、ネットや本で調べたらしいの。そうしたら、日本海に近いある土地に

【爪墓】があるってわかった。ネットの記事によると【爪墓】というのは、ある一族にまつわる惨劇がもとになっているって」

女はそこまで話しておきながら『惨劇』については知らないと答えた。迷惑そうに眉間に皺をよせ、これみよがしにタバコに火を点ける。左手の中指に巻いた包帯の先端はさらに赤黒くシミが広がっていた。666カフェのイベントから換えていないのだろうか。

「指……つらそうですね」

直接訊くと融と同じ轍を踏みかねない。痛々しい指を慮る振りをして女に訊ねた。

「これ？　そうなのよ、ドアに挟んじゃって。ドジだってバカにしないでよ」

女は笑った。だが私は信用しきれないでいた。

ドアに指を挟んで負った怪我が、あんなにも出血するだろうか。切り傷ならまだしも、指の先が潰れていないとあんなに包帯にシミができるほど出血しない。もしくは爪が剥がれたりとか……。

「けどわざわざあの女の人のところに俺らが行った意味あったんすか」

「わからないよ。でも馬代さんがそうしろって言うんだから」

「あの女の人よりもあの野郎のほうが、よっぽどなに考えてるんだかわかんねえっすよ」

丹葉の言った通りだと思った。

私たちが女から聞いた話は、ライブの控え室で融が聞いた話と重複している。同じ話を聞いただけで、新しい情報がないのでは聞く意味がない。

「でも、あの人馬代さんを警戒してたところもあったから、私たちにならら違う話をするかもって踏んだのかもよ」

「そんなに買いかぶっていいんすか。足を掬われそうっすけどね」

丹葉は融のことがいけ好かない、と言葉と態度にだした。そこまで嫌わなくていいのに、と思う。私たちの周りでは、融しか【シャバネ】の情報を持っていない。無理に仲良くしなくともいいが、だからといって険悪にもなってほしくない。

少なくとも、怪談に対する強い執着は嘘じゃないと思った。あと怖がりなところが意外とかわいげがある。

「それにしてもなんか、こんなことになって……ごめん丹葉」

「師匠、マジでやめてくんないと怒るっすよ。えっちゃん、助けたいんでしょ」

背中越しに私はうなずく。それでも丹葉に対して申し訳ない気持ちは消えない。

これから行く先でなにが起こるかわからないのだ。

「大丈夫っすから。っていうかあの手鏡、ちゃんと持ってきてます？」

丹葉は道の途中でバイクを路肩に寄せて停めた。

「ある、あるよ」

リュックから手鏡をだして見せると、丹葉は安心したように大きく息を吐いた。

「ほんと、しっかりしてくださいよ。今さら俺に謝んないでください。俺と師匠は一蓮托生なんすから」

「……わかった」

私のフルフェイスヘルメットの頭頂部をぽんぽん、と叩いて丹葉は再びアクセルを回す。

目指す爪墓までもうまもなくだ。

2

融がだした交換条件とは『シャバネのネタを提供する&情報収集に協力する』代わりに、『りんがカイタンの所属怪談師になる』というものだった。

「難しく考えなくていい。怪談師といっても客寄せパンダのようなものだ。技術は求めない」

「客寄せパンダって……そもそも私が怪談師をすることになにか意味があるんですか」

「あるさ。カイタンは危機的状況でね。怪談語りさせてくれるハコがない。理由は簡単だ。

業界から嫌われているのと、カイタンに所属している怪談師が僕しかいないからだ」

「えっ、でも会社なんですよね」

「そうだ。色々副業をしているから、僕しか怪談師がいないからといって喫緊の状況ではない。だが僕はこの状況を不服に思っている」

「稼いでるならなにが不服だよ」

　丹葉が挑発するように突っ込みを入れた。

「これだから脳筋ゴリラゴリラゴリラは」

「誰が脳筋ゴリラゴリラ……多いな！」

「知らないのか？　ニシローランドゴリラの学名はゴリラゴリラゴリラ。正式にはこう呼ぶ」

　えっ、そうなの、と丹葉が思わず感心している。

「不服も不服だ。そもそも僕はカイタンを『怪談の会社』として設立した。それなのに我がカイタンは怪談ひとつで成り立っていない。これが不服でなくしてなにが不服だ」

　怒りと悔しさが表情に滲む。本気で今の状況に納得がいっていないのだろう。

「それでどうして私が……」

「単純な話だ。所属している怪談師を増やしたい」

「所属ってタレントみたいなことですか」

「違うがそれに近いと思えばいい。心配しなくていい、あくまで客は僕の語りが目当てだ。君はいわゆる話題性だよ」

話題性と言われてもよくわからない。不信感が顔にでていたらしく、融は悩ましげに頭を振ると補足した。

「最近はお笑い芸人だけじゃなく、キャバ嬢怪談師やグラビアアイドル怪談師もいるし、本格的なところでは現役の住職も怪談師として怪談を語っている。666カフェにいた眠亭愛狐なんかも落語家の傍ら怪談師をしている。そういったいわば変わり種怪談師が人気を博している」

丹葉と顔を見合わせた。

「カイタンを僕ひとりだけで運営するのはさすがに無理がでるようになってね。現状維持では意味がないし、稼ぎが別口なのも不本意だ。現状を打破するにはやはりカイタンも怪談師を増やすことだという結論に至ったわけだ」

「でも私、なにも取り柄がないですし、怪談師を名乗ったからって話題性なんかないです」

「だからJK怪談師なんじゃないか」

ＪＫって……そんなのどこにでもいるぞ。

思わず苦笑いを浮かべてしまった。女子高生が特別珍しがられる業界などいまどきあるのか。

「充分話題性はある。この業界は活性化しはじめてからまだ若い。だから変わり種の怪談師なんかがまだ受けるんだ。ＪＫが珍しくない？　珍しいさ。なぜなら怪談語りに若年層は極端に少ない」

「そうなんですか」

「怪談のネタ数を持っていないし、人前で語りをしたい十代はほとんどいないのだよ。当然といえば当然だ。十代から怪談にドハマリしている子供など将来に不安しかない」

こじらすとこんな大人になるけど……と心の中でつぶやいた。隣の丹葉は口にこそださないが表情いっぱいに思いが表れている。

「でも私に怪談語りなんて……」

「さっきも言ったがクオリティは求めていない。イベント等で僕の前座でればいい。それ以上は望まんよ」

即答するには自信がなさすぎる。不安から丹葉に目をやると、察したのか力強くうなずいた。……なんでうなずく？

「馬鹿代」

「……教養のなさが駄々もれのネーミングセンスだな」

「わかったよ、俺と師匠……ふたりとも怪談師になってやる！」

「ええーっ！」

丹葉はウインクした。こいつ……。

「いや君はいらない」

「遠慮すんな。今の話だと所属怪談師に困ってるんだろ？　だったら俺もやってやる」

「いらん。ＪＫ怪談師はいいがゴリラ怪談師は動物園のスタッフしか集まらん」

「なんだとテメエ！」

だんだん『なんだとテメエ』が挨拶のようになってきた。

というか、そういうことじゃない。背中を押してほしかったわけではなく、怪談師をしなくてもいい方法を――。

「あーっ、もういいわかりました！　でも私、怪談が好きでもないし全然うまく語れませんから！」

それを聞いて融は「決心したか」と喜んだ。

「案じなくていい。恥をかかないよう語りは僕が教えよう」

「なんだお前が教えるのか」

「君にはリンゴとバナナの違いから教えてやろう」

丹葉は元気に挨拶をした。

ふたりがいがみ合うのを尻目に、私は渋々カイタンに所属するのを了承した。

「それで……私が怪談師をする代わりにシャバネのことを教えてくれるんですね」

ふむ、と融はうなずくと丹葉を無視してこちらに向き直る。

「実のところ僕もシャバネの情報はそれほど持っていない。故に君に怪談師をやってもらうに見合うほどの材料はないといえる」

「それじゃあ話が違うじゃないですか！」

「落ち着きたまえよ。話の本筋はここからだ。そこのゴリラ怪談師は……とても信じられないが、『スーパー霊感体質』なのだろう？」

「テメエは本当にひと言多いな！　普通に話せないのかよ」

いや、私には割と普通だけど。

「つまり霊を呼び寄せることができる。さらにいえば対話も可能なのだろう？」

「……できなくはねえよ。面倒なことになるからやりたくねえけど」

融は急にゴホッゴホッ、と咳き込んだ。

「ごほっ……と、この通り僕は持病の結核がこんなだから曰く付きの場所には行けない」

怖いだけだろと言いかけた丹葉の口を塞ぐ。

「怪談取材に行かせてあげよう」

「怪談取材？」

「そう。僕のところには全国から様々な怪談が集まってくる。サイトにメールフォームがあるから、それこそ毎日毎日バカみたいな量がくる。ある程度、ソフトで類似話は弾いているから、全部読んでいるわけじゃないけどね。その中で取材する価値のある話だけ取材をするんだ」

「取材って……怪談って、話を聴いてそれを文字に起こすだけじゃないんですか」

「一般的にはそんな風に考えられているだろうね。けど実際はそう簡単じゃない。ライブをやって、人前で話を披露するというのは結構神経を使うんだ。蒐集した怪談はネタ元がどこで誰に話しているかわからない。つまり、他の怪談師と話が重複している場合がある」

重複……。同じ怪談話を別の怪談師がライブで語ることをいう。この場合、『出所』が問われ、『誰の持ちネタなのか』が問題になるのだという。怪談界隈ではしばしばこれでトラブルが起きており、各地で怪談ライブが行われるようになってまだ間もない今は、その周辺がまだ整備されていないのが現状なのだ。

話そのものに著作権があるものではなく、そもそも人づてに聞いた話を披露しているので厳密な線引きができていないため、『他人の持ちネタは話さない』ことが暗黙の了解になっているという。

狭い怪談業界で派閥が生まれたり、溝があったりする要因の中でかなり大きなウエイトを占めるのがこの問題である。

「そんなもの話を脚色してしまえば完全に一致することはないだろ」

「ウホウホ言われてもよくわからないな。仮にそれをしてしまうと『創作怪談』になってしまう。カイタンは『実話怪談』をウリにしているし、世間の需要としても主たるコンテンツには『実話怪談』が求められている」

丹葉が嚙みつきそうになるが、話が進まないと睨んでやると大人しくなった。

私は融に『実話怪談』と『創作怪談』の違いを訊ねた。

「怪談師によって解釈の違いもあるけど、大体は次のように区別している。『実話怪談』はその名の通り、〈本当にあった話〉を指す。実体験はもちろんのこと、実際に体験した人、もしくはその知人から口伝で聞いた話だ。ここには僕が蒐集しているようにメールでの投稿も含まれることが多いけど、最終的には直接聞きに行くようにしている。そのほうが精度も純度も保たれるからね。徒労になることも多いのが悩みどころだけど」

「じゃあ、『創作怪談』は？」

「稲村JJについては前に話したね」

稲村JJは怪談の第一人者。毎年夏になれば全国各地で怪談ツアーを行い、テレビでもすっかりお馴染み。私が生まれる前から怪談を語っている。……で、間違いないはず。ちなみに稲村JJの怪談についても履修済みである。

「あの人は『創作怪談』だよ」

ええっと丹葉と声が重なった。興味なさげにしていた丹葉だったが演技だったようだ。

「実話をベースにしているのは間違いないから、完全な創作ではないけどね。だけど、蒐集した怪談をピースに分けてつなぎ合わせて一本の怪談を作っている。実話怪談でも、実際の話とは構成を変えたり、言い回しを変えたり、若干登場人物や設定を変えたりすることもあるけど、基本的に虚偽を混ぜたり、他の怪談からエピソードを切り取って貼ったりはしない。そこが明白な違いだ」

実話で構成した怪談が『実話怪談』。

脚色、オリジナル、ミックスした架空の話としての怪談が『創作怪談』。

大別するとこのふたつに分類される。どちらも初めて聞く話だった。言われてみれば、怖い話を聴く時にその話が「本当の話」か、「架空の話」かなど考えたこともなかった。

確かに実際にあった話のほうが怖い気がする。

「そうでもないよ。実話怪談は『本当にあった』という担保があるかわりに、オチが弱かったり、話に起伏がなかったりする。これをうまく構成し、話し方を工夫して怖く聴かせるのが、『怪談師』というやつさ。反面、創作怪談は本当の話でないかわりにドラマチックな話作りができる。腑に落ちるオチもつくし、話の満足度としては創作のほうが上なことが多い。あとで実話か創作かを聞いてがっくりくるのは怪談あるあるだね」

思わず唸った。実話か創作か。たったそれだけの単純なものかと思ったが、そうではないのだ。これを知っているか否かで怪談を聴く意識が一八〇度変わる。融が怪談を『話芸』と言った意味がわかったような気がした。

思えば学校で友達と話している時、構成などを考えたことがあるか。ないに決まっている。だが怪談の中には意識して話を聴かせるという技術がいくつも入っているのだ。聞いた人間を『怖がらせる』ために。

「思ってたより深いんですね……怪談って」

「当然だろう。昔から大衆は『楽しい』を『笑い』だけに限定しがちなんだ。そうじゃない。『怖い』も立派な娯楽であって『楽しい』もの。落語はよくて怪談がダメなはずがない。調べればすぐにわかることだけど、怪談の歴史も相当古い。四谷怪談なんていつ書かれた話だと思う？　享保十二年だぞ。それだけ歴史が古い話芸をこれまで『不謹慎だ』

とかって理由で封殺してきた。この時代になってようやく娯楽に幅が生まれたことで、怪談が話芸として広まりはじめたんだ」

融は怪談の話になるとよく喋る。彼が怪談の世界に憑りつかれていることは火を見るより明らかだった。こんなインテリ男がここまでのめり込むのだから、魅力的な世界なのかもしれない。

「それでなんで『怪談取材』なんだよ。全然こっちのメリットになってねえし」

「そう。話を戻そう。実話怪談はある意味早い者勝ちだ。話を持つ人に直接カイタンで語る許可をもらう。そのついでに他の怪談をその土地で蒐集したりするのがカイタン流の怪談取材さ。だが君たちに許すのは『現場取材』だ」

「一緒だろうが」

「違う。明確にね。現場とは『怪異が起こった現場』のことだ。君たちはそこに行っていい。そして怪異の原因に直接訊くのさ。『シャバネを知っているか』とね」

――え……。

思わず丹葉を見た。丹葉は私の視線に気づいているが、一瞥もくれない。ただ真っすぐなまなざしで融の話を聞いている。

――それって、丹葉にとって最悪じゃん。

スーパー霊感体質の丹葉は、ただでさえ怪異に遭わないよう様々な自己防衛の手段をとっている。それなのにわざわざ怪異が起こる場所に出向き、霊と対話するなんて。

「そんなのできない……」

「いいんす師匠。黙っててください」

丹葉は私の言葉を制し、前のめりになった。

「続けろよ」

「………実は怪異否定派の僕としても霊と対話できるという知り合いは少ないんだ。信頼に値する人間を厳選した結果、少ないという意味だけどね」

「否定派なんだろ。論理が破綻してるぜ」

「否定派とは言っているがその実はちょっとニュアンスが違う。『見たことがないから信じていない』という意味に近い。だからといって僕自身が視ることを望んでいるかといえばそうでもないしね。そもそも怪異全般を否定する立場なら怪談師などしていないよ。僕はただ純粋に『不思議なものが好き』なだけだ。そしてそれをたくさん知りたい。誰も知らないような話を集めて、そしてそれで生きていく。それが夢なんだ」

融の目が輝いた。この目だ。怪談の話をする時は必ず子供のような真っすぐな目をする。まさに【怪に魅せられた者】――。その肩書きは決して嘘ではない。

「ジレンマなんだよ。知りたいけど行けない。だから代わりに訊いてきてくれ。この世ならざる彼らの声を。僕はそれを知りたい」

「……それじゃああんたの願いじゃねえか」

「そうだ。一石二鳥だろ？　僕は効率を優先するからね」

よく言うぜ、と丹葉は吐き捨てたが顔は穏やかだった。どこか共感するところがあったのかもしれない。

「ともかく、僕は君たちに『霊に話を訊ける場』を提供しよう。ゴリラくんはわかっているんだろう？　怪談イベントなんかに寄ってくるそれらはゲームでいう雑魚キャラだ。訊いたところで情報はないし、そもそも対話に耐えうるものじゃない」

丹葉は答えなかったが顔がそうだと言っている。

私もその話で腑に落ちた。怖がりの融が怪談をしているのは、経験上……というよりたぶん知識として知っていたのだ。自分が怪談をしていても怪異は起きないと。

高をくくっているだけのような気もするが。

「もちろん質は約束しよう。無闇やたらには提供しない。ちゃんと僕が有益そうな現場を厳選する」

「信用できんのか、それ」

「馬鹿にするな。僕はプロだ」

沈黙。

丹葉は考え込んでいるのか、融を睨んだまま動かない。融も同じだ。

「ちょっといいですか」

辛抱たまらず私はそこに割って入った。

「さっきから聞いていたら、私とえつの問題なのにふたりで盛り上がってるじゃないですか」

「師匠」

「りんちゃん」

「丹葉には感謝してる。馬代さんも悪人じゃないことはわかった。でも結論をだすのは私……。だから、言わせて」

丹葉と融は黙って私を見つめた。何を言おうとしているのか見当もつかない。そんな顔だ。

「私はえつを助ける。なにがなんでも絶対。絶対の絶対！　だからそのためにふたりとも私に力を貸して！　えつを救うためならなんだってやるよ、怪談師でも取材でも」

思いきり啖呵を切った。自分ではなにもできない。融や丹葉の力がなければえつに近づくこともできないことを棚に上げて。

「丹葉、危ない目に遭うかもしれない……てか遭うけど、えつのために力を貸して！」

丹葉は私を強いまなざしで見つめ、少しして笑った。

「ったりまえじゃないすか！　俺は最初から師匠と一蓮托生っすよ」

丹葉の顔はすっきりしていた。深刻さが吹き飛んだような、爽やかさを感じるような表情だ。

「馬鹿代、やるよ。怪談師に幽霊取材、なんだってな」

「んまぁ……」

「聞いてんのかテメエ！」

チョコをつまみ幸せ顔の融は、丹葉の決意表明に目を閉じて小さくうなずいた。

「それにその手鏡があれば鬼に金棒っすよね。俺の体質なら、怪談ネタも集めたい放題すよ」

「そうだよね、うん」

「こっちから条件をだしておいてなんだが、学業を優先したまえよ」

う……と言葉が詰まる。今は夏休みに入ったばかりだ。自由が利くのはこの一カ月半ほど。もれなく宿題もついてくる。

「宿題、俺が手伝ってやるっすよ。こう見えて現役の大学生っすから」

「ゴリラが勉強を教えるのか。間違っても女子高生に素手で人を殺す方法なんて教えるんじゃないぞ」

「あ?」

融は立ち上がり、席を外したかと思うとすぐに戻ってきた。手には安くてまずい缶ジュースがみっつ握られている。

再びテーブルにそれを置くと、自分の缶のプルタブを起こし言った。

「そういうわけで、ようこそカイタンへ」

3

そして融はまず練習がてらに爪墓の取材を依頼してきた。それで私たちはバイクでやってきたのだった。

「すみません、この辺で『爪墓』と呼ばれているところがあるらしいのですが、なにか知っていますか」

爪墓がある大体の場所にやってきたが、そもそも『爪墓』という地名もそれを指し示すオブジェクトも周辺には存在しない。ここからは地道な聞きとり調査だ。

勇んで最初に訊ねた店では、あっけなく「知らない」と言われた。

続いて二軒目、三軒目……気づけば一〇軒以上訊ねていたが、爪墓を知る者は一向に現れなかった。

それに調査できる場所も限られている。近くには町や村もなく、ぽつりぽつりと点在するレストランや道の駅、コンビニやガソリンスタンドしかない。

誰に訊いても同じ答えが返ってくる上に、訊ける人間の絶対数の少なさに早くも辟易(へきえき)しはじめていた。

「大体、情報が少なすぎるんすよ。足運んで調べられるほどの情報量じゃないでしょ」

「文句言ったたって仕方ないよ。とりあえず、人に訊くしか方法がないんだから」

丹葉のイラつきにそう答えながらも、私も気力を振り絞るのに精いっぱいだった。ただでさえ、慣れないバイクの長旅で疲労が溜まっている。初めての怪談取材は前途多難だ。

「……ふぅ」

自動販売機で買った温かいミルクティーが染みる。夏とはいえ海沿いの道は風も強く、曇った空は脂肪(しぼう)の足りない私の体を冷やした。自動販売機に季節外れのホットドリンクがあるのもうなずける。

「あれ、丹葉？」

ふと顔を上げると丹葉の姿がない。瞬時に不安になり左右を見渡した。

「丹葉ぁ！」

不安は人の声を大きくする。自分でも驚くくらいの大声で丹葉の名を呼んだ。

「師匠ー」

丹葉の声だ。小走りで駆けると雑然と草葉が生い茂る丘の前にその姿はあった。

「丹葉！　急にいなくならないでよ！」

「わりぃっす、それよりこれ見てくださいよ」

丹葉のもとへ走り寄ると、丘の斜面に角ばった石が埋まっているのが見えた。目を凝らさなければわからないほど目立たないが、見つけてしまうと気になる光景だ。

「これ、階段すよね」

「あ……」

　言われてみてわかった。角ばった石は横一文字に真っすぐ並んでいて、目線を一段上げたところに同じような石が並んで突きでている。草に囲まれてわかりづらいが、これは上まで続いているようだった。

「長い間ずっと放ったらかしで、風化しかけてたんすかね」

確かに階段があるのに人の往来があったようには見えない。ここが使われなくなってかなりの年月が経っているのが窺える。

「登ってみよう。上になにかあるかもしれないし」

「了解す」

伸び放題の草は私の顔の高さまであった。目を細め、手でかき分けながら登る。途中何度も足場の石を見失った。すでに埋まってしまっているものも多い。

丘の勾配は急だ。役目を終えかけた階段といえども、これがあるのとないのとでは劇的に登りやすさが違う。

上まで登りきったところでまた次の斜面が待っていた。丹葉は先に進んでいる。やはりそこにも階段跡があるらしい。

「丹葉、どこまで行くの」

「そりゃ師匠、階段が続くとこまでっしょ」

やっぱり、と肩を落としまだまだ続く斜面に白目を剝きそうになった。

それから足場がなくなりかけた階段をひたすら登った。普段はやたらと私に気を使う丹葉も、こういう時はなぜか手を差し伸べない。体育会系で、自分の力でなんとかなりそうなことに対してはスパルタ体質なのだ。文字通り質が悪い。

案の定、一番上まで登りきった時、もはや私は疲労困憊だった。丹葉は汗こそ滝のようにかいていたものの、顔つきは涼しい。

「っひゅう、たまにはこういうのも気持ちいいっすね」

「目的なくこういうことするのはよくないと思う……」

ぜえぜえと肩で息をしながら、私は気持ちよくはないと文句を言った。

丹葉はおかしそうに笑うだけで、文句を返すこともなかった。完全にマウントを取られている。

「……で、なにかあった？」

呼吸が整うのを待って、ようやく丹葉に問う。

「黙っててすんません」

「なにが？」

柄にもなく丹葉はなんだかもじもじとしている。シャツの中に虫でも入ったのかと思うほど落ち着かない様子だった。

「本当は俺、呼ばれたんです。これに……」

そう言って丹葉がすっと横にずれた。丹葉の体に隠れていたのは、何枚も重なった木の板。

「それなに」

「爪墓です。たぶん」

「へっ？」

驚くべきなのか、笑うべきなのか、はたまた怒るべきなのか。反応に迷った。

冗談かと疑ったが丹葉はこんな状況でわざわざそんなことを言わない。ということは本気なのか。半信半疑で板に近づいてみる。

間近で見てようやくわかった。黒く変色し、端々にカビか苔かわからないなにかがびっしりとまとわりついている。ぺしゃんこになった社だ。

大きさから見て、五十センチ四方くらいの小さなものだと見当がついた。階段が風化しかけるくらいだ。ここに社があったとして、長い年月放置され続けたことでその姿を維持できず、ぺしゃんこになるのも無理はない。

「ここにでっかい霊がいます」

「うそ」

思わずあとずさった。

「長い間放置され、誰にも気づかれず、お供え物も、綺麗にしてくれる人もおらず、朽ちていった。ここにいるのはでっかいひとつの霊の塊ですが、もともとは七人です。長年ここに居続けたことで形を保てなくなり、社が崩れたのと同じ頃互いで支え合うように融合したみたいっす。そのせいで意思がひとつにまとめられず、誰を呪うわけでもなく、なにが目的なわけでもない、神でも鬼でもない『ただここにいるだけの霊体』となった。なんか……こういうの、俺も初めてで」

「ずっと放置されていた……くずれて形を保てなくなるまで？」

丹葉はうなずく。その姿を呆然と見つめたまま私は立ち尽くした。

「っていうか、丹葉……そんなことまでわかっちゃうんだ」

「いつもはここまでじゃないっすよ。なんすかね、たぶん手鏡の――」

そこまで言うと丹葉は急に咳き込んだ。手鏡について訊こうと思ったが、苦しそうにしている丹葉を前にして諦めた。

「ごほっ……と、とにかく残念すけどここにいる霊は人との対話は無理っぽいす。そういう状態じゃないというか……」

なにもないところを憐れんでいるような慈しんでいるような、複雑な表情で丹葉が眺めている。おそらくそこに「大きな霊」がいるのだ。

「こんな状態じゃ、シャバネのこととかえっちゃんのことは訊けないっすね」

今回は練習みたいなものだ。大きな収穫は私も見込んではいなかった。とはいえやはり残念は残念だが……。

　気を取り直して私は話題を戻そうと思った。

「じゃあおじいさんが言ってた『爪墓はどうだ』って言葉はどういう意味なんだろ。だって、ここの存在は誰も知らなくて……知ってた人はみんないなくなっちゃったんじゃないの」

「俺にはわからないす。それにこのぺしゃんこの社を『爪墓』と言いましたが、正直確証はありません。『爪墓があるらしい土地にたまたまあった社』に霊が宿っていて、それに俺が呼ばれただけです。もしかしたら爪墓でない可能性だってあると思います」

　どういうことよ、と訊いたものの、本当の意味は知らないほうがいいのかもしれないと思った。

　ただ、得体の知れない気味悪さだけが、湿った潮風となって私の肌にまとわりつく。荼毘に付した祖父から焼け残った十九枚の爪。一枚足りない爪。月命日に剝がれる左手の中指の爪。晩年うわ言のように繰り返した『爪墓はどうだ』という言葉。明らかに自らの体験談にしか思えないのにあくまで『友達の体験談』と言い張る謎の女。女がなぜか知っていた爪墓の場所。そもそも女の正体は？

　どれひとつ、なにひとつをとってもつじつまが合わない。もっと根本的なことを問えば

『爪墓』がなんなのかもわからない。ただ、目の前の朽ち、腐り落ちた社がその残骸（ざんがい）で、自らの形を維持できない霊の集合体がもの言わず佇（たたず）んでいるだけだという。

「師匠、前言撤回っす」

「なによ、どうしたの」

「こいつ、爪が一枚足りないんす」

一瞬、理解が遅れる私をフォローするように丹葉は爪が十九枚しかないのだと言った。

「じ、じゃあ……」

「爪墓すね、間違いないと思います」

全身にぷつぷつと鳥肌がたつのがわかった。

これか。これが『怪に触れる』ということなのだ。えつはより濃密で、より深い、怪に触れ……呑（の）み込まれた。

「なにか他に手がかりはないかな」

「そっすね、じゃあ俺はこいつの周りになにかないか探してみます」

丹葉とは逆にソレからすこし離れた場所を探す。だが潰れた社以外はなにもなかった。

ただそこに、佇むソレだけがいる。

「どうしますか、ここにはもうなにもないし、また下で訊いてまわりますか」

頭を振る。驚いた顔で見つめる丹葉にもういい、と答えた。

そして私は頭の中で整理しながら、改めて口にだす。丹葉に聞かせる、というよりは自分へ言い聞かせるように。

「怪談の取材って、私は頭のどこかで……『怪談を調査して謎を解き明かすこと』だと思っていた。けれど違う。この怪談取材の本当の目的は、『その怪異に触れる』ことなんだ。穢れを目の当たりにして、この不安を言葉にする……」

その証拠が丹葉だ。

丹葉はスーパー霊感体質で、霊を引き寄せるし、今回のように霊から呼ばれることもある。だが危険な霊と関わる時は、丹葉の周りの空気がヒリつく。対峙する覚悟と姿勢が空気に触れて、私にも伝わるのだ。

だけど今回のこれは違う。丹葉が呼ばれ、触れた霊は古く自我も保てない不完全なものだった。少なくとも危険ではない。さぞ危険な目に遭うのだと思っていたがそんなことはなかった。

怪異に、怪談に触れるということは……『話が生まれた現場に立ち会うこと』なのだ。

もしも私たちがここへきて、『爪墓』の謎を解き明かせば限りなく嘘っぽい実話怪談になるだろう。そう、むしろ『創作怪談』に近いものになる。

真実に近づけば近づくほど、実話らしさから遠ざかるというのは皮肉な話だと思った。

「師匠、どうしたんですか。一体」

「丹葉。帰ろう」

ええっ、と声音(こわね)をひっくり返して驚く丹葉。有無を言わせず、私は再びなくなりかけた階段を、時々足を滑らせながら下りた。

4

私の報告を融は黙って聞いた。

現地で撮った写真を時々見ながら、相変わらず三白眼の表情に変化はない。

「——以上です」

すべて話し終えたが、融はすぐに反応を見せなかった。なにかを考えているのか、考えていないのか。見た目だけでは判然としない。

テーブル上には私と丹葉のまずい缶ジュース。ふたは開けていない。融はそんなことは気にも留めていない様子で、自分の分をおもむろに飲み干した。

「なるほど」

たっぷりと勿体(もったい)つけて、ようやくひと言発する。ふぅ、と一息吐くと改めて正面の私を見つめた。

丹葉から言われた『目つき悪いのが好きなんすか』という言葉が今さら頭をよぎる。

「わざわざ足を運んでいったというのに収穫がなさすぎる」

思っていた通りの言葉だった。

「それに結局、なにもわかっていないし、肝心(かんじん)なあの女性の話との脈絡もない。ゴリラくんの話は興味深いけどね。それにしたって『呼ばれたから見つけた』というのも胡散(うさん)臭い。社もぺしゃんこ。どうしてそこまでの道が潰れていたのかも判明しないまま……」

「それは……アレだって、ほら！」

たまらず丹葉が言い返そうとするが、言い返すだけの材料があまりにもなさすぎて言葉に詰まる。無理もない。丹葉はあの時、「本当に帰るんすか」と何度も訊いてきたくらいだ。

「これだけの収穫で、よく帰ってこれたね、りんちゃん」

私は目を逸(そ)らさず、小さくうなずく。三白眼も変わらず私を見つめている。先に逸らしたほうが負けだ。私は自分に言い聞かせた。

珍しく丹葉もどうすればいいかわからないようで、落ち着きがない。

沈黙が訪れ、壁掛け時計の秒針が半周した頃、融は目を閉じた。

「ま、待て！　もう一回、行く。もう一回、取材に行って今度こそ……」

目を閉じたのが終了の合図だと思ったのか、丹葉が慌てる。だが融は目を閉じたままだ。

「合格。よくわかったね」

しばらくして目を開けた融が言った。

思っていた言葉とまるで正反対の融の発言に丹葉はまた混乱している。私は大きく息を吐いて、ソファの背もたれに倒れ込んだ。

「前にも言ったけど、怪談取材の目的は怪談を聞きに行くことでも、検証することでもない。『新しい怪談を作る』ことが目的なんだ。現地に行ってなにも起こらない。なにもわからない。でもそれはでっちあげじゃない、体験した紛れもない事実。それを怪談として作り上げる。このまま話しても面白くないから、ちゃんと怪談として構成し直して、怪談の技術をもって話すと、なにも起こっていないのに『怖い話』として語ることができる。実話怪談ならではのオチのない感じも薄気味悪くていい」

丹葉は理解が追いついていない。でも私は本音では、自信があった。根拠はないが、肌感覚として正しいという気がしていたのだ。

「これはりんちゃんが作った初めての『怪談』だね」

「私が作った……怪談？」

「そう。語り手本人が体験した、というのが実話怪談の本懐。この話は君のものだ」

人に褒められたのは久しぶりな気がした。そういえばえつがいた頃は、なんでも「お姉ちゃん、すごい」って褒めてくれてたっけ。

「師匠がすげえってこと、俺は最初から知ってたっすから！」

融に対する闇雲な丹葉の対抗心も、なかなかにややこしい。

「ん……そういえば、『合格』ってなんですか。私、なにか審査されてたんですか？」

「ああ、勢いで言った。ほら、マンガでもこういう展開よくあるよね。一見、とっつきづらい不愛想な男の無茶な注文が実は試験だったってやつ。ああいうの好きだから」

――自分がとっつきづらくて不愛想という自覚はあったんだ……。

「とはいえ、毎回収穫なしでは困るのでその辺はあしからず。それに今回はやりやすかったでしょ」

「やりやすかったって……なにがですか」

「あの女の人、ああやって強引に相談してくるの初めてじゃないから」

ええっ、と丹葉と私の驚嘆する声が重なる。

「一体どういうことだよ！」

「熱心なカイタンファンでね。ライブのたびにああやって押しかけて、怪談があるから聞けって言ってくる。勝手に喋らせておけば勝手に満足して帰るんで、病TAROHもう慣れてしまってね。簡単に入れてしまう。でもいかんせん、レパートリーが少なくて、みっつくらいの創作怪談を細部を変えてローテーションで話すんだよね。たまに全部合体しちゃったりして、意外と面白いんだけどまあもうマンネリかな。爪墓の話も最初の頃と変わりすぎて原型ないし」

「じ、じゃあ……爪墓って……」

「ないよ。長浜に足利尊氏の爪墓というのがあるけど、今回の件とは無関係だし。りんちゃんたちが行ったあの土地に爪墓があるというのは完全にでっちあげ。ゴリラくんの『スーパー霊感体質』のおかげで、関係ありそうな社を見つけたのは儲けものだけどね」

「そんな……じゃあ、こんなの全然怪談じゃないじゃないですか！　なにが『りんちゃんが作った初めての怪談』なんですか！」

「ん？　嘘じゃない。立派な怪談だ」

「だって全部嘘なんでしょ」

「嘘を吐いたのはあの女の人だ。りんちゃんはあくまで誰かが話した怪談の取材に行って、気味の悪い体験をした。爪墓があるという場所には潰れた社があって、そこには由来不明の巨大な霊の集合体がいた。土地の人間は誰も爪墓を知らない。祖父が晩年口にした言葉の謎。どう考えても自分の話なのに女が友達の話と嘘を貫いたのはなぜか。つじつまも合わない。でも実際に訪れて、人に触れ、空気を感じたから怪談になる。これは立派な実話怪談だ。ただ、怪談として不必要なファクターを削った。それだけのことだよ」

「不必要なファクター？　作り話を吹き込まれたって事実が？」

「薄気味悪い女に話を聞いたってのは本当だろ」

それにもうひとつ、と付け足すと融はチョコを口に放り込み噛み砕いた。

「女の話が嘘じゃないってわかった。急ぎはしないけど今後の調査対象にしてもいいかもね」

今になって思い返すと妙なところはあった。

あれだけ興奮気味に押しかけて怪異について話し、打ち解けたように私にも話をしてくれた女が、後日改めて話を聞きに行った時にはどこか迷惑そうだった。むしろ話をしたくないのかと思うほど。

「あの時、りんちゃんがあの人に話しかけて、代わりに話を引き取った時に決めたんだよ。この子しかいないってね」

そっけなく扱っていたはずの融がその後、私たちを帰らせて女だけを置いたのは話をつけるためだったのだ。『後日、取材としてふたりで行かせるから付き合ってほしい』と。

「そんなの……なんかすっきりしない……」

複雑な気持ちだった。結果、誰も困っていなかったのだからよかったと思う反面、馬鹿にされたような気持ちもある。それに嘘とわかっている話を『実話怪談』とするのも抵抗があった。

「もちろん、『実話怪談』には怪談師それぞれの定義が存在するので、りんちゃんが今回のそれを『実話怪談』ではないと断ずるのならそれもいい。でもまあ持ちネタは多いほうがいいと思うけどね」

「そんな嘘の話をネタになんて」

「嘘の話をネタにするのが悪って言いたい？　じゃあ『創作怪談は悪』なのかな？」

それは……と口ごもる私に融は続ける。

「わかっただろ。怪談は話芸なんだ。一見、水と油で混ざり合わないように思う『実話怪談』と『創作怪談』だって、その線引きは人によって曖昧（あいまい）になる。そんなことより大事なのは聞き手にどれだけ『怖がってもらう』か、『楽しんでもらう』か」

悔しいけどなにも言えなかった。安易に口を開けば、感情に任せて言いたいことを言ってしまいそうだ。

だけど納得できないことは納得できない。

「……丹葉っ」

たまらず丹葉の名を呼ぶ。丹葉もきっと私と同じ気持ちなはずだ。

「まあいいじゃないすか。俺らが振り回されたくらい。危ない目に遭うより、嘘に振り回されるほうが全然いいっすよ」

予想に反し、丹葉は融側にまわった。なぜだ！

なんだか裏切られたような気がして、目頭が熱くなる。

「ちょっと、泣かないでくださいよ！　だって、師匠も傷つかなかったし俺もなにもなかったんすから！　それに軽い気持ちで霊と関わるのはよくないすよ」

丹葉の言っていることがすべてな気がした。私たちはあくまでえつのために霊に関わろうとしている。そうでないシチュエーションでわざわざ関わるべきでないのだ。つまるところ、生きている私たちが振り回されただけの話だ。

怪談や怪異に触れるということは、大なり小なり『人の死』に関わるということだ。そこで死んだ人が霊となって、その思いが様々な怪異をもたらす。死んだ人間の思いの強さを思えば、今普通に生きている私たちが彼らを怒らせることなく、踊らされただけならば確かに怒るようなことでもないかもしれない。

「でも、腹立つ！」

「あー……涙拭いてください師匠。ほらこれ、ハンカチ」

「泣いてないもん！」

「さあて、では早速次の現場も頼む。以前、６６６カフェで『万年筆』という怪談を聴いたと思うが――」

　そして後日、怪談『万年筆』の舞台となった旧北濱旅館で、私たちは厭というほどこの仕事の過酷さを思い知った。

# りんと丹葉と窮鼠猫を噛むか？

# 1

カイタンに加入して二週間、旧北濱旅館で酷い目に遭って五日が経った某日昼間。私と丹葉はとある町の駅前にきていた。

面白みのない四角いだけのビルが立ち並び、入り組んだ歩道橋の上を人々が行き交っている。

飲食店とパチンコ店、クリニックが犇めく商業ビルの中の一室で、怪談イベントがあるらしい。しかも参加費は無料で、挙手すれば自分も怪談を語ることができるという。

「それって座談会じゃないんすか」

「怪談会だよ。怪談会」

ひとくちに怪談ライブといっても地域や団体レベルで様々な種類がある。

民間サークルで語り手も聞き手も無料で集まるものもあれば、ちゃんとイベントスペースやライブ会場を押さえて行うもの、個人のスキルを高め合う競技性を意識したもの、賞レースとして技量を競うものもある。それぞれが怪談であり、各自の特色もねらいも違う。

その中でも怪談会はもっとも緩く、敷居も低い、初心者向けのイベントだ。

民間の学習センターや、市や区が管理している貸し教室などでやることが多く、料金も取らないためとっつきやすい。

『怪談で怖がらせちゃうぞ』というよりかは『怪談でわいわい盛り上がろう』という趣向なため、和気あいあいとしている。

反面、集客を主としていないので宣伝活動はほとんど行っていないし、昼間に開催されることも多い。訪れたこのビルのいちフロアは市民センターとしてそういった貸しスペースを運営しており、週末は民間のサークルなどで埋まっている。

「へえ、えらく詳しくなったじゃないすか」

「ええあの怪談変態に吹きこまれてますから」

「それは俺も一緒じゃないすか」

丹葉はほとんど寝てるでしょ、と言おうと思ったがやめた。

とにかく、この二週間で融（とおる）から怪談を取り巻く業界について色々と聞かされてきたのだ。

「これはカイタンの取材すか」

「取材といえば取材だけど、今日のは勉強だね」

「師匠、真面目に取り組むじゃないっすか」

「うるさいな。別に丹葉は帰ってもいいんだよ。心霊スポットじゃないんだから……それにどこでえつの情報に行きつくかわからないし」

実はこっちが本心だった。カイタンの活動をしつつ、自分でできることもしておきたかった。

丹葉は黙り込み、大人しくついてくる。結局、ついてくるのだからいちいち文句を言わなければいいのに、といつも思う。

私たちが向かった怪談会、実は融から教えてもらったものではなく病ＴＡＲＯＨから教えてもらったものだった。

怪談好きばかりが集まった民間サークル『みさわ怪談会』が月に一度開催している月例会である。

「民間って言っておきながら代表の美澤さんはプロの怪談作家だし、サークルメンバーにも怪談作家が数人いる。というか、怪談業界では割と名の通った人が素知らぬ顔で普通にいるのがなんだか異質で、面白いんですよ～。でもこの会が面白いのは怪談作家が在籍している、ということじゃないんです。プロ顔負けの『好き者』がわんさかいる。その辺の怪談師よりもよっぽどオカルト方面のこと詳しいですよ～。『好きは力』っていうのがよぉ～くわかるところです。一度、行ってみたらいいですよ、りんちゃん」と病ＴＡＲＯＨ。

「けど大丈夫すか、その手鏡持って怪談サークルの場なんて行って」

「どういうこと？」

丹葉は手鏡があると怪談に引き寄せられた霊を刺激しないか、と心配した。確かに丹葉の心配はわかる。彼自身が霊を思いきり引き寄せる体質なのだから、まさに逆鬼に金棒。ここでとんでもない霊障が起こっても変ではない。

だが心配することはない。私には私の考えがある。

「考えってなんすか」

「まず、スーパー霊感体質といっても丹葉は色々防霊道具身につけているでしょ」

ええまあ、と丹葉は手首の数珠を見せつけた。

「だからそこはきっと大丈夫」

「いや、そうじゃなくて」

「わかってるって。いくら防いでいても手鏡が霊を呼び込むんじゃ意味がないっていうんでしょ。でも、私はこの手鏡……霊を刺激するものじゃないと思う」

怪訝な顔で首を傾げる丹葉。私は続ける。

「旧北濱旅館の時、私咄嗟にこの手鏡を仲居の霊に掲げたでしょ。自分でもなんであんなことしたのかわからないんだけど……とにかく、それであの霊を無力化することができた」

「まあ……そうっす、ね」

「確信まではいかないけど、私この手鏡が悪い霊への対抗手段になるんじゃないかって」

丹葉は渋い顔で唸った。納得できるような、できないような。そんな表情だ。

だが旧北濱旅館の時、この手鏡のおかげで助かったということは丹葉自身も身に染みてわかっているはずだ。

確証はないがあながち無下にもできない……といったところだろうか。

「まあ、いいっすよ。いざとなりゃ俺がなんとかしますから」

「なんかそっちのほうが漠然としてない？」

「師匠の仮説とどっこいどっこいでしょ」

そう言って丹葉は上階のボタンを押し、エレベーターを呼んだ。

市民センターの二階で降りると、手書きで『みさわ怪談会はコチラ』と貼り紙がしてある。その下には『今月は怪談数珠繋ぎ』と書いてある。

「怪談数珠繋ぎ……」

「なんすかね、それ」

貼り紙に従い奥へ進むと『和室1』と『和室2』と書かれた部屋が現れた。

「ええ……どっちだろう」

「こういうのはとりあえず開けてから悩めばいいんすよ」

そう言って丹葉が『和室1』の扉を開けた。

「すみません。怪談会やってるって聞いたんですけど」

二〜三秒して、丹葉が振り返り「合ってました」と手招きをした。

「もう、ほんとガサツなんだから……」

誰にも聞こえない小さな愚痴をはさみ、丹葉のあとに続く。入ってみてわかったが『和室1』と『和室2』の壁を外してひとつの部屋になっていた。どちらに入っても正解だったのだ。

「あ、どうも……よろしくお願いいたします……」

コミュ障発動。初対面の相手は苦手だ。

電気を消し、カーテンを閉めきった暗い部屋。カーテンの隙間から差す陽の光でそれほど暗くはないが、充分不気味な雰囲気を醸していた。

部屋を見渡すと畳の間に十五人くらいの男女が車座になって座っている。一斉に視線が私に集まり、小さなパニックを起こしそうになった。

「あらぁ、初めての方ですか？　どうぞ、お好きなところにおかけになってお聴きくださいね。あ、もし不思議な話とか怖い話があったら、どしどし語ってくださいね」

にこやかな表情で、物腰柔らかな女性が開口一番そう出迎えてくれた。四〇~五〇代くらいだろうか。明るい口調が緊張を緩和してくれる気がした。

「ありがとうございます」

おかげで少し落ち着きを取り戻す。開いているスペースに参加者が座布団を二枚敷いてくれた。

「どうぞ」

礼を言って座る。丹葉はお菓子をもらっていた。融に持って帰ってやろうかな、と一瞬頭によぎったが振りはらう。

「ここは怪談サークルっていってもざっくばらんにゆる~くやってるんで、肩の力抜いてくださいねぇ」

私たちにそう気遣ったあと、「それじゃあ次は誰が語ります? さっきさきイカさんが寝言の話をされたんで、寝言か夢に関連した怪談があれば」と参加者たちに訊ねる。

「じゃあ、夢の話で……」

眼鏡をかけたポニーテールの女性が挙手し、間を置いて訥々と語りはじめる。

女性の話は、これまで聴いた怪談師の話と比べると劣る気がした。プロではないのでそれに対し思うところはなかったが、それよりも彼女の話し方の癖が興味深かった。

とにかく脱線するのだ。途中まで話しては、関連した情報の説明が入り、また途中まで話しては同じように情報の補足が入る。

これを煩わしいと受け取る者もいるだろう。だが私にはとても面白かった。なにがすごいかというと、脱線して披露した情報の濃さ。まるで辞書で引いたような詳細な情報を場所、年代、風土、歴史などを織り交ぜて話すのだ。

確かに本筋はなかなか進まずじれったいが、怪談ライブにはない自由さだと言われれば、なるほど病ＴＡＲＯＨの言ったこともうなずける。

「次はどなたかいませんか？　赤ん坊の話がでましたので赤ん坊か、子供にまつわる話なんかあれば」

「師匠、怪談数珠繫ぎってこういうことなんすね」

うなずく。つまり怪談のテーマをリレー方式で繫いでいく趣向なのだ。なるほど、参加型でないとできない芸当である。

しかも、全員がそれぞれ怪談の『持ちネタ』を多く所持していなければならない。意外とこれはレベルが高いぞ……？

「あ、じゃあ俺、あります」

聞き慣れた声に思わず振り向く。隣で丹葉が手を挙げていた。

「た、丹葉！」

「おおっ、初めてのお客様からお手が挙がりました」

輪から喝采（かっさい）の拍手が起こる。丹葉は頭を掻（か）いて「いやぁ」と照れている。

そんなことよりも丹葉がなにを語るというのだ。……いや、丹葉の体質的にさぞ体験談は多いとは思うが、そういう話ではなく丹葉の語りは人前で披露するような代物ではない。

「丹葉……無理に語らなくても……」

「いや、なんか楽しそうなんで。ここに集まる霊とかも興味でやってきてるだけだし、問題ないっすよ」

ってていうか集まってきてるのかよ！　と突っ込みを入れそうになる。丹葉は珍しく乗り気で語りはじめた。

## 黒いよだれかけ

語り・真加部丹葉

俺、バイクでツーリングするのが好きでよくあちこち走ってるんすけど、あれはいつだったかなー……半ヘルかぶってたんで夏だったと思います。海のそばの道をいい気分で走ってたんすけど、なんか焦げた臭いがしてきて、近くでなんか焼いてるのかなって思ったんすよ。

海の近くだったんで例えばバーベキューとか。でも、そういう肉が焼けたっていう感じじゃなくて、なんていえばいいんすかね……あ、そうだ。ドラム缶とかでもの燃やしたりするじゃないですか、あれみたいな感じです。木材とかそういうゴミを燃やしているような臭い。

でも別にそんなの変じゃないからっつって、そのまま走ってたんですけどずっとその臭いしてるんすよ。最初のほうは気にならなかったんですけど、さすがにトンネルに入っても焦げた臭いしてるのはおかしいだろ、って。

俺こう見えても、そういうの結構視たりするタイプなんです。ああいうのって、ごく自然に当たり前のように日常の中に紛れ込んでたりするんで、だいぶ経ってから気づくことって割とあるあるなんすよね。

そういうわけでこれはおかしいって気づいて、トンネルをでてからもう使ってなさそうな駐車場があったんでそこに停めたんです。

なぁんか、厭な気分だなーって思ってタバコでも吸ったんです。そしたらタバコがいつもの味と違って……なんつーんすかね、まるで焚き火の煙直接吸ってるみたいな、すっげぇ苦しい感じになって。こんなもん吸ってられるか、って投げ捨てたんです。

そしたらその時「ギャア！」って聞こえたんすよ！

びっくりして振り向いたらタバコ捨てた方向にお地蔵さんがあって、ああしまったなぁ、って思ったんです。

そこってすげぇ寂れてて、アスファルトの隙間から雑草とかもううじゃうじゃ生えてたような、放置されてた駐車場だったんですけどそのお地蔵さんだけは誰かが手入れしているのがわかるくらい、綺麗にしてあったんですよ。

俺、「すみません」って謝りながらタバコを拾ってお地蔵さんに手を合わせました。それでタバコの吸い殻も持ち帰って、バイクに乗ろうとした時、マフラーになんか巻きついてるのに気づいたんすよ。すっげぇ汚れた真っ黒い布でした。

マフラーにそんなもん巻きつくなんてこと、普通に考えてあり得ないことなんでちょっと気味悪かったんですけど、こんなところに巻きついたまんまだとあれなんで取りました。

そん時に気づいちゃったんですよね……その布の端に『水子供養』って書いてあるのが。

しかも、その布は黒くなかったんですよ。いや、黒かったんですけど、もともとの色は黒じゃなかったっていうか。

……焦げてたんです。真っ黒に。

ところどころ赤いところが残ってたんで、たぶん本来は赤かったんじゃないかな。それで俺は思わずお地蔵さんを振り返ったんです。

そこにはなんもなかったんです。お地蔵さんが確かにあったはずなのに、お地蔵さんの代わりにボロボロに焼け焦げたチャイルドシートがあって。急いでバイクに飛び乗って、帰りました。もうめちゃくちゃ怖かったっすね。

あとで知り合いの住職のところに布を持っていったら、その布、お地蔵さんとかにかけるよだれかけってあるじゃないですか、あれだっていうんです。

そう言われて思い返してみると、あん時聞いた「ギャア」って声、赤ん坊の声のような気もするなぁ……って。お地蔵さんって、子供を守る神様らしいっすね。あのチャイルドシートでなんかあったんかと思うたび、なんだか変な気持ちになります。

案の定、たどたどしく未整理な語りで頭が痛くなる。

本人はあっけらかんと語っているが、私は気が気でなかった。語り終えたのと同時に逃げる準備をしておいたほうがよさそうだ。

「んで、そん時に……なんだっけ、アレなんですけど、まあいいや。とにかく……」

うわぁ～やめてやめてやめてやめてやめて……。

隣で聴いていながら顔を上げられない。聴いている人たちの引きつった顔が目に浮かぶからだ。私がこんなところに連れてきたばっかりに。

この怪談会なら私ひとりでも大丈夫だったはず。なんでもかんでも丹葉を連れてきてしまう自分を責めた。

「って話です」

……よし、いまだ。

丹葉の腕を摑み、部屋をでようと立ち上がりかけた。

「おお～！」

拍手と歓声。思っていた反応と違い、ようやく私は顔を上げる。

「すごく新鮮な話でした！」

「聞いたことない話だ！」

「怖い話だった〜」

口々に丹葉を讃える言葉が飛び交う。社交辞令で言っているのかと思いきや、どの顔も素直に感動しているように見える。下手な芝居とは思えなかった。

「いや、マジっすか？　なんか嬉しいっすね、自分の話をそう言ってもらえるのって」

丹葉もまた素直に喜びを表す。

それを見て私は衝撃だった。楽しければいい。ものの本質とは、そういうことなのに私は丹葉が恥をかくことばかり心配していた。肝心な話の内容は全く覚えていない。ただただ融に教えてもらったことを生かしていない語りに、冷や冷やしていただけだ。

「師匠、師匠もここでならなんか話せるんじゃないすか。いきなりライブで披露とかよりやりやすいすよ」

丹葉が勧める。

もしかして丹葉はこのために自分から率先して怪談を語ったのだろうか。もしもそうなら、恥ずかしいのは私のほうかもしれない。

「是非是非！　どんな小さな話でも、短いお話でもいいですよ」

女性もそのように言ってくれている。せっかく毎日毎日、語りの練習をやっているのだ。リハーサル代わりに話してみよう。丹葉や女性のおかげで、そんな風に思えるようになっていた。

「……じゃあ、ひとつだけ」

といっても持ちネタがない。この間の爪墓の話でもいいがアレを怪談に昇華させる技量を私は持たない。雰囲気的に、やはり『実話怪談』でないといけないのだろうか。そうなるとあの話しかない。

「あの、これは聞いた話なんですが……」

あろうことか私は例の虚言癖の女と同じことをしようとしている。自分の話をあたかも『他人の話』として語るのだ。

だが私にとってこの話はまだ未消化なままの問題でもある。これを自らの実体験として語るにはまだ時間が必要だった。

複雑な想いを胸に渦巻かせながら、私は順を追って話を進める。【シャバネ】はあえて伏せて語った。なぜだか私にもわからない。そうしたほうがいいような気がしたのだ。

――『コツはちょっとだけ嘘を入れることだ』

融に怪談語りを教えてもらった時の言葉を思いだした。物語の本筋とは関係のないところで少しだけ嘘を入れるのだ。後日談などでするのがいい、と言っていた。

『でもそれって実話怪談じゃないですよね』

『きっちりと線引きする機関があるわけじゃない。だが外で言うなよ、僕の居場所がまたなくなるからな』

アリかナシか、私にはわからない。だが融が怪談師として優先するのは『聞き手を怖がらせること』だ。そのためなら許されると自信げに言っていた。

カイタンに入った私はカイタン流しか知らない。融から教えてもらったカイタン流で語ることしかできない。

「とある県。とある町。とある学校に通う女の子のお話――」

場はやけに静まり返っていて、私の声だけが寂しげに彷徨(さまよ)っている。そんな錯覚すら起こすほど、静かな時間だった。

この部屋にはもしや私だけしかいないのではないか。顔を上げて見てみればすぐにはっきりすることだというのに、怖くてできなかった。

もしも誰もいなかったら。もしも退屈に負けてみんな寝ていたら。冗長な語りで怒りに言葉を忘れているのかもしれない。

様々な思いが交錯する。ただ、一生懸命に私は語り尽くした。せっかく学んだ融のレクチャーも、生かせているのかどうかわからない。せめて、一生懸命話しているぞ、ということだけでも伝わってほしかった。

「……以上です」

沈黙。うわ、怖い。顔が上げられない。

「すごい」

「……えっ」

耳が破裂した。違う、破裂音だ。いや、そうじゃない。これは……拍手だ。

反射的に顔を上げる。聞き間違いだとしたらまだ傷は浅い。

丹葉の時よりも盛大な拍手だった。私は呆気にとられたまま、しばし放心した。

「すごいすごい！　上手だねぇ！」

「師匠、めっちゃうまかったっすよ。今まで聴いた中で一番す！」

丹葉は私の肩を叩きながら、やはり実体験だと説得力が違うと上機嫌だった。

「初めて怪談語ったんですか？　怪談師の人かと思いましたよ」

はす向かいに座った無精ひげの男が賛辞を送る。自分事とは思えず、「はあ……」と気の抜けた返事しかできなかった。

怪談がうまい？　私が？

実感が湧かない。そういえば丹葉の時だって、手放しにみんな褒めた。きっと社交辞令だ。これは私を傷つけまいと──。

「とか思ってんでしょ、師匠。馬代に教わってる事実忘れてませんか」

「JKってだけだから……」

「みなさん、聞いてください。うちの師匠なんすけど……」

師匠？　誰が師匠？　と場がざわつく。当然だ。いい加減人前で年下の私を師匠と呼ぶのはやめてほしい。心で愚痴りながら私は再びうつむいた。

「実はあの有名怪談師、馬代融の弟子なんすよ！」

女子高生を師匠と呼んだかと思えば、直後に弟子と紹介する。これでは余計に混乱するではないか。うつむいた私の顔が真っ赤に染まってゆくのがわかった。

だが予想に反して、反応は薄い。

「あ、あれ？　ここ沸くとこじゃないんすか」

空気が変わったのに気づいた丹葉が戸惑う。参加者たちも丹葉同様に戸惑っている様子だった。

「すみません……ちょっと申し上げづらいのですが、馬代さんは怪談界ではあまりいい話を聞かないものでして」

言いづらそうにしつつも女性は妙な空気に戸惑っている私たちにそう話した。

……そうだった。病TAROHから紹介されたこともあり、私は忘れていた。そもそも融はその性格と口の悪さが災いし、テレビ界を追われた。そんな人間が怪談界なら評判がいいのか、といえば結論は言うまでもない。

私たちは毎日のように顔を合わせていたから、余計にその事実がぼやけていたのだ。

「ごめんなさい、そうだったんですね……」

そう絞りだすのがやっとだった。

思い返してみれば心当たりはある。初めて融と出会った怪談ライブ。666カフェは初めて入った時は大きいと思った。だが所詮キャパ四〇人が限度のカフェ・バーだ。融が業界で名を馳せているのならば、あんな小さな店で……客が簡単に控え室に押しかけられるような場所でやるだろうか。

それだけではない。よく考えれば話題性を理由にJK怪談師を育てたいというのも、今となっては融らしくない気もした。彼の怪談好きはそんな軽薄な、客寄せパンダのような戦略を最も嫌いそうだからだ。

つまり融は……かなり深刻に、『ファン』を欲している。なにをしたか知らないが業界から嫌われているのは融本人の問題かもしれない。だがそれにしたって嫌われすぎではないか。

「ちょっと待ってくださいよ。怪談界でいい話聞かないって、ここにいる人たちが馬代になにかされたんすか?」

丹葉が問いかけた。てっきり融が悪く言われて調子に乗るかと思ったのに意外だった。

しかし丹葉の問いかけに誰も答えない。沈黙こそが答えだった。

「え? まさか、なんもされてないのに噂だけで判断してんすか」

「いや、実際に悪口を言われたって人から話を聞いて……」

「話を聞いて? あんたが言われたんじゃなくて? わからないんすけど、それで俺や師匠が変な目で見られる理由になるんすか」

「丹葉!」

「いや、俺は冷静っすよ。ただ純粋に疑問なだけで。好き嫌いは別に人それぞれっすけど、馬代が嫌いなのは俺も同じですし。でもこの人たちが馬代を嫌う理由がえらく浅くないすか? それに馬代に怪談教えてもらってるってだけで師匠が変な目で見られる筋合いないっすよ」

そう言った丹葉の顔は怒りが浮かんでいた。冷静だなんて、嘘だ。

「ただ、『怪談が好き』で集まってるはずなのに、あいつが語る怪談で好き嫌いを判断しないんだなって思っただけで。俺が言えた義理じゃないっすけど、『怪談好き』ってところだけ見たらあいつは全然あんたらより上っすよ」

しん、と静まり返る。誰も丹葉に反論しようとはしない。

「……すみません、俺が空気悪くしてどうするんだって感じすよね。師匠、俺頭冷やしてくるんで師匠はこのまま楽しんでください」

「丹葉！」

楽しめるか！　という言葉を飲み込み、部屋からでていく丹葉のあとを追った。気まずい空気が充満している部屋に一礼し、丹葉に続いて外に飛びだした。

2

私は無言で丹葉の後ろを歩いた。丹葉は私がついてきていることに気づいていたが、彼もまた無言で歩く。

突き当たりのエレベーターの前で待ち、やはり無言で乗り込んだ。

丹葉は私の顔も見ず、ただ階数表示の点滅を眺めている。

「…………すんません」

もうすぐ一階に着く、というタイミングでようやく発したのはそのひと言だった。私は呆(あき)れた。

「自分で火種起こして、自分で炎上させておいて、最終的には逃げだすなんて。これでまたカイタンは嫌われたね」

丹葉はもう一度、すんません、と謝った。ここへきてようやく自分のしたことについて反省しはじめているらしい。

「でも……ちょっとスッキリしちゃった」

「えっ」

「丹葉が言ったことは私が思ってたけど言えなかったこと。ううん、思ってた以上のことを言ってくれた気がする」

「いえ、そんな」

「でももうここの怪談会にはこれないね」

三度目のすんません、と一階に到着した『チン』というベルが重なる。

エレベーターの扉が開いて私は驚いた。

そこには息を切らして膝に手をついている、みさわ怪談会にいた女性が立っていたのだ。

「あ、あなたは……」

「ちょ、ちょっと待ってくださいね……も、もう少しで息が整うと……思う……ので」

「あ、はい……」

エレベーターをでてすぐの通路。女性が息を整えるまで何とも言えない空気が流れた。丹葉は地蔵のように微動だにせず立っている。

私たちが和室の部屋に入った時、話しかけてくれた女性だ。丁寧で優しい印象は変わらない。

「ふぅ……呼び止めておいて、待たせてごめんなさいね。今日は本当にごめんなさい。みんな、あなたたちを悪く思っているわけじゃないの。ただ、急なことで驚いてしまったというか」

申し訳なさそうにそう言いながら深々と頭を下げられて、慌てて止める。

「私たちのほうこそ、いちいち言わなくていいこと言ってすみませんでした！　せっかくいい雰囲気でお話を聴いてくださったのに」

私の言葉を聞いて、女性は顔をひょっこりと上げた。驚いているような表情だ。

「あら、あなたは本当に上手だったわ。そっちの彼も味があってよかったけど、あなたのは安心して聴いていられるし、話の構成もうまかった」

「そんな、私なんて」

「なんでそんなに謙遜するの？　本当よ、みんなも同じ思いだと思うわ」

いやに真っすぐなまなざしで褒められる。こんな状況には慣れておらず、ありがとうございますというので精いっぱいだ。

「それだけを言いにわざわざ階段を駆け下りてきたんすか」

女性は照れ臭そうに笑った。

「学生の頃は陸上部だったから、行けると思ったんだけど……だめね。死んじゃうかと思った」

女性はそう言って丹葉と私に名刺を手渡した。

「『美澤幽』……さん」

シンプルな白い厚紙の名刺には名前以外にメールアドレス、それに『作家』という肩書きが記してあった。

病TAROHが言っていたことを思いだす。確か、プロの怪談作家と言っていたはずだ。

「怪談師同士のしがらみとか、派閥とか、そういうのが厭で好きな人だけの集まりを作ったのに……だめねぇ。あなたたちの気分を悪くさせたかったんじゃないの」

美澤は自分が収めてくるから、と参加者たちを待たせていると話した。

参加者、と呼んだのはあの場にいた全員がサークルのメンバーではないからだ。今日が初めてだという者も何人かいたという。

私からも改めて謝り、みさわ怪談会を紹介したのは融ではなく病TAROHだということを告げた。

「ああっ、病TAROHさんからだったのね！　そうかぁ、そういえば病TAROHさん、馬代さんと親しいのよね」

忘れてたわ、と笑う。本当のところは融のことをそれほど悪くは思っていないと言った。

「それどころかファンなのよ。派閥とかどうでもいいって思ってるけど、声を大きくしてそれを言っちゃうとご機嫌斜めになる人もいるから」

ご機嫌斜めになる人、とは怪談師や他の団体のことらしい。

「今、怪談は空前のブームと言ってもいいくらい流行っているわ。でも怪談界がそれに伴って成長しているかっていえばそうとも言えないの。色々なところで活動が活性化して、色んなサークルや団体ができて怪談ライブも精力的に行われているけど……狭い業界なんだから仲良くすればいいのにね」

彼女もみさわ怪談会を立ち上げるまでそういった渦中に身を置いていたという。

話を聞きながら融の姿を思い浮かべた。そういえば融はいつもひとりだ。怪談ライブでもステージ以外で演者やスタッフと話しているところを見たことがない。

「みんな、馬代さんの弟子だって聞いて警戒したんじゃなく、驚いたんだと思うわ。だって、人に教えるとか……そういうタイプじゃないでしょう？」

困ったように笑う美澤に釣られ、私もつい笑った。

「だからね、これに懲りずまた遊びにきてほしいの」

「わかりました。じゃあ……また是非！」

最後にお辞儀をし、別れようとした時だ。美澤は「あ、そうだ」と思いだしたように声をかけた。

「まだなにか？」

「あなたが語ってくれたあの怪談……友達の妹さんがいなくなっちゃったって話。あれ、『シャバネのヤマイ』よね？」

「えっ……」

「知ってんすか！」

美澤はやっぱり、と手を打った。

「怪談ばっかり好きで集めているとね、よくあるのよ。『同じ話が別の人の話として流布されている』ということが。これには色んなケースがあって、全国的に拡散している話とか、特定の地方だけに見かける話とか、同じ話なんだけど細部や登場人物の人数が違ったり……そういうことが多いの」

その中でも『シャバネのヤマイ』は日本各地でちらほら聞く有名な話だという。

場所によって話の内容が都市伝説に近い場合や、怪談として語られる場合もある。どちらとも共通しているのは『シャバネ』という呼称と、キーになるアイテム……融から聞いた話と同じだ。

「『友達の友達から聞いた』というのがほとんどなんだけど、『シャバネ』の特徴はもっと直系の知り合いの実体験として語られることが多い点なの。例えば、母の兄から聞いた話とか、直接の友達の話だったり。又聞きじゃないことが多い。今回、あなたがお話ししてくれたのはお友達の妹だから直系というわけじゃないかもだけど」

いいえ、私の妹の話です。そう言おうか迷った。だがいくら人が好さそうだといっても、初対面の者に話すべきことではないようにも思った。ただでさえ盛り上がっていたところに水を差したのに。

「私もいくつか『シャバネ』の話を聞いたんだけど、ひとつだけ体験した本人から聞いた話があってね。その人、『手鏡』を持ってるって――」

「手鏡！」

「美澤さーん」

その時、怪談会のメンバーが階段から美澤を呼んだ。美澤はその声に慌てて返事をする。

「ごめんなさい。戻らなきゃ」

お辞儀をして戻ろうとした美澤の腕を摑んだ。ほとんど条件反射だ。

「そのお話、詳しく聞かせてくれませんか」

3

「そう言われても……私が彼女のことを勝手に教えるわけにはいかないから」

シャバネの手鏡を持っているという女を紹介してほしいと頼むも、美澤は難色を示す。

怪談作家がネタ元の人間の情報を易々と話すわけはない。プライバシーの観点から見ても美澤の反応は当然だった。

だが私とて引き下がれない理由がある。

「お願いします！　どうか、会う約束だけでも……」

「俺からもお願いします！　一生の頼みです！」

初対面の美澤に一生のお願いを発動する丹葉はとりあえずスルーしておいて、私は再三頼み込んだ。

美澤は困った表情を浮かべ唸っている。

「『シャバネ』の話はあちこちあるから、この類の話はよくあるのよ。手鏡だって、本物かどうかもわからないし」

　もちろん、疑ってるわけじゃないけど……と付け加え、美澤は引かなかった。もうだうだ言ってはいられない。

「白状します。さっき私がした話、友達の話なんかじゃありません」

「師匠！」

　丹葉が血相を変えて止めに入る。どうしてなのかわからないまま、私は話を続けようとした。

「あの話は私の――」

　リリリリリリリ

　突然けたたましく鳴り響く異音に会話が中断する。その音は受付窓口の中から鳴り響く電話の音だった。

「なんだ？　一斉に電話が鳴ってるぞ！」

　市民センターの職員が呆気にとられ、立ちすくんでいる。無理もない。鳴っている電話は一台や二台ではない。内線用の電話もすべて、一斉に鳴っているのだ。

「え？　なにが起こっているの？」

　突然の騒ぎに美澤も動揺を隠せない。

私も呆気にとられ、ただ鳴り響く電話にばたつく様を眺めていた。

バサバサッ
「今度はなに？」

今度は背後の死角から騒音が襲いくる。反射的に振り返ると棚の本が床に散乱していた。

その光景に息を呑んだ。ひゅっ、と血の気が引く。

ただ本が落ちたのではない。絵本が落ちたのだ。それも絵本棚からである。

背表紙が並ぶ普通の本棚とは違い、落下防止のあて木がされている表紙が正面にくる棚だ。物理的にここに収納されていた絵本がひとりでに地面に落ちることなどあり得ない。

子供が癇癪を起こして棚の本を散らかした、というような状況だ。

「師匠！　やめましょう、絶対にだめです。今、すげえの集まってきてますよ。動物霊とかそういうのじゃないです。それを話せばきっと、ここは修羅場になるっす！」

「だって、そんな……これまでこんなこと一度もなかったのに」

なぜだ。融がシャバネ系統の話を『話してはいけない系の話』と言ったが、実際にこの話をしてこれまでになにかが起こったためしはない。

僧の『話すな』という言葉は気になるが、それに囚われていてはえつの手がかりを得る術がなくなってしまう。

だが、そもそもシャバネの話自体は語ったあとなのだ。今はただ『その話は私の実体験だ』と言おうとしただけである。

「こうなったら……」

「師匠！」

私はカバンから手鏡をだそうとする。持ち手に触れると手が切れると思うほど冷たい。

「なにこれ……」

「やめましょう、師匠」

窓口内の事務所では電話が鳴り止まず、机の上の小物が次々と落ち、パニックになっている。職員たちは突然の怪異に大わらわだった。

さらに、フロアにあるジュースの自動販売機は光を明滅させ、さっきまで正確だった壁掛け時計は十五分早い。滑稽なほどはっきりとした怪異だった。

「何が起きてるの……」

美澤も呆気にとられ、今起きている事象が把握できず、口を半開きにして固まっていた。

まるで世界が一変してしまったかのようなこの場を現実に戻さなければ。

氷のように冷たい手鏡を握り、意を決して取りだそうとした時だ。

強い力で両肩を押さえられて驚くと、真剣なまなざしで丹葉が私を見つめていた。

「師匠。それをしまってください。お願いです」

「丹葉……」

その瞳ははっきりと『それをだせばもっと事態が悪化する』と言っていた。

「でも……」

「師匠らしくないです。えっちゃんのことに囚われすぎて、今ここでなにか起こしかねないことに無頓着(むとんちゃく)になってる。そんなんじゃ、だめっす。そういう時のアンテナ兼ストッパーとして俺がいるんすから、言うこと聞いてください」

「大丈夫だって、この手鏡はそんな……」

「師匠！」

丹葉の一喝で言葉が詰まった。手鏡が守ってくれる確信などないのだ。むしろ、その逆だと丹葉が訴えている。

目の前にちらついた手がかりに目がくらみ、あとのことなどどうなってしまってもいいという気持ちになっていた。周囲で誰もが戸惑うような怪異を引き起こしてまであの話をしようとしたり、明らかに異変が表れている手鏡をだそうとした。まさに自分さえよければいいという自己中心的な勝手な考えだった。

丹葉のおかげで我に返り冷静さを取り戻した。先ほどまでの自分が自分でないような感覚さえする。

「それのせいかもしれません」

そう言って丹葉は、カバンの中で手鏡を握ったまま固まっている私の手に目をやった。

「師匠、ここは俺に任せてください」

丹葉の言葉の真意はわからない。けれど、少なくともこのまま私がこの話に執着すればするほど、取り返しのつかないことになりそうな予感はあった。

「あっ……」

丹葉の鼻から一筋の血が流れる。眼も片方が充血して赤い。

「血……」

「言ったでしょ。ヤバイのがここにやってこようとしてるんです。早くそれから手を放してください。そして、もうこれ以上あの話の続きをしないと心に決めてください」

カバンの中で握っていた手を放し、その手を胸の前で組んだ。そして、シャバネの話を自分の中にしまい込むイメージをする。

たちまち自動販売機は光の安定を取り戻し、不可解なコールも鳴り止んだ。突如として収まった怪異にフロアの職員たちゃ美澤は呆然と立ち尽くしている。

「その話、まだまだわからないことが多いっす。俺の考えっすけど、えっちゃんの話にでてきた坊主が『話すな』と言ったのはシャバネの話自体じゃない気がします」

「でも、丹葉や馬代さんに話した時はなんともなかったのに」

「わかりません。もしかしたらなにか法則があるのかも……」

法則。一体何が超常現象を起こしているのか、私には想像もつかない。

危険な話だということは融の話でわかっていたが、正直想像を超えている。この話はするだけで危険なのだ。

でもシャバネ系統の話を知っている人もいるのに。

そう考えると本当にシャバネが原因なのか、それともシャバネに気を取られて他の重要ななにかを見落としているのか、わからなくなった。

そしてなにより、体質的に近くにいて一番危険なのは……丹葉だ。

――守ってもらっているのに、わざわざ毒に浸すような真似をしてしまうなんて。

組んだ手の奥で胸が痛んだ。

「どうするつもりなの」

丹葉は、状況が呑み込めず不安げな美澤にひとまず声をかけた。そして、たちまち電話番号を交換した。「また連絡します」と礼を言って戻ってくると、美澤は戸惑いつつ上の階へと戻っていった。

さっきまでの喧騒（けんそう）がまるでなかったかのように、フロアは落ち着いている。

理解が追いつかなさすぎて、逆に冷静になっているのかもしれない。時間が経てば再び騒ぎになる気がした。そうなる前にここをでなければ。

「よくすんなりと電話番号教えてくれたね」

「あとからメールで聞いても絶対ダメだと思ったんすよ。それに昔からおばちゃんのアイドルだったんで俺」

言われてみれば丹葉はずっと実家の生花店の手伝いをしていた。今でも母は贈り物に丹葉の店を利用している。

「わかった。丹葉に任せる……けど、無理しないで。丹葉は特異体質なんだから」

「そんなの今さら師匠に言われなくてもわかってるっすよ。自分の体すから」

4

666カフェは日常的になんらかのイベントを開催しており、主にサブカルものが多い。基本的には「誰それ?」クラスのゲストが「なにそれ?」というテーマでイベントを行っているが、客入りはまばらだ。

しかし今日は怪談ライブのため、666カフェは賑わっていた。

融と知り合い、カイタンに加入してからはここにくる機会はめっきり増えたからわかるが、666カフェのイベントで客が満員になるのは融がでる怪談ライブくらいだ。だがそれもあくまで『合同企画』に限った話。

病TAROHの話によると、融のワンマンライブは人気はあるものの満員まではいかない。他の怪談師の客で補塡（ほてん）してようやく満員なのだという。

「まーうちは儲（もう）け度外視みたいなところあるので」

そう言いながら耳の裏に新しく入れた『Eli Roth（イーライ・ロス）』というタトゥーを自慢した。ホラー映画の監督らしい。

「病TAROHさんってもしかして他にも仕事してるんですか」

「トーゼン！　こんな趣味の道楽商売なんかで食っていけるわけないいじゃないですか〜。融のライブ以外で客が満員なの見たことあります？」

ない。私の表情から心の声を読み取った病TAROHは、「正直〜」と笑った。

「デイトレーダーが本業」

「デイトレーダー？」

「まあ投資家だと思ってくれていいですよ」

投資家……。

病TAROHの風貌。モヒカンに近いアシンメトリーの緑髪。耳、鼻、舌、唇、額のピアス。顔も体もタトゥーだらけ。

これのどこを見たら投資家とわかるというのか。当てられる人間はおそらくいない。

「昔は証券マンだったんですよ。こう見えても」

人間、びっくりしすぎた時は声がでない。目だけがまん丸く見開かれるだけだ。私はその顔をしていたに違いない。

「この口調もね、昔の癖が抜けなくて。なんかアンバランスでしょ、外見と」

大きくうなずいた。それについてはその通りだ。

「あいつも、見るからに賢いって風貌だけど金儲けはへったくそなんですよ」

「あいつって……馬代さん？」

病TAROHは口元をくしゃりと歪ませ、呆れたようにうなずく。

「テレビにでてた頃は引っ張りだこで、あっちこっちで人の悪口言ってるだけでお金入ってきていたんですがね。もともとはコンサル業で生計を立ててたんですが、カイタン立ち上げてからやめちゃったんで、ちょうどよかったんですけどねぇ。でもテレビを干されてからは仕事がなくなって……。それで余計ムキになって怪談を中心にやってるんですが……。なかなかそれ一本で食えない現状に苛立ってるみたいです。まあ、嫌われるようなことしたあいつが悪いんですが……。うちばっかライブやってるのも、うちは超お友達価格なんでね。他のハコでやる時は資金調達と集客で大変だってぼやいてましたもん。こないだなんか、コスプレして街中歩いてましたから。自分でなんのキャラやってるかもわからず、ネットで人気だってアニメキャラ見つけて。頑張ってあちこち歩きまわってたみたいですが、最後は心が折れたようで汗びっしょりで帰ってきました」

「コスプレ……」

イメージできない。というか見たい。一体なんのコスプレをしていたのだろうか。

「でも馬代さん、副業で稼いでるから大丈夫だって言ってました」

病TAROHは笑った。

「嘘じゃないけど、大丈夫って言えるほど稼いではないよ。その気になりゃあ、わけないんでしょうがねぇ。あいつはね、プレイヤーよりもプロデュース業のほうが向いてるんですよ。でも性格と口に難がありすぎて人が寄りつかない。本人は言いませんが、自覚してるんじゃないですかね」

ステージでゲストとトークをしている融の横顔を見る。あんな涼しい顔をしているけど、苦労しているのか。チョコひとつで幸せ顔する融を思いだしただけで泣けてくる。

とはいえ、こうして話を聞いているとなるほど病ＴＡＲＯＨの地頭の良さが窺える。投資家というよくわからない仕事も向いているような気がしてきた。

「そういえば今日は丹葉くん、いないね」

「はい。丹葉はちょっと用事があって」

「珍しいなぁ。いつもニコイチだから。彼、ぞっこんだもんね」

「怪談にですか？　そうは見えないけどなぁ」

私がそう答えると病ＴＡＲＯＨは「えっ」と目を丸くした。金色のカラコンが人間味を削いでいる。怪物に見つめられている気分だ。

「ああ……そう。そうだね……頑張れよ丹葉くん……」

なぜだか憐れむような表情を浮かべると病ＴＡＲＯＨはカウンターの奥へと消えた。

――大丈夫かな、丹葉。うまくやってるかな。

私の関心はここにいない丹葉に向けられていた。

もうひとつのシャバネの手鏡を持つという女と丹葉は会う約束を取りつけた。

丹葉は今夜、単身そこへ向かったのだ。

ただふたつの不安があった。

ひとつはシャバネの手鏡を持つという女。普通の常識人なら問題はないが、とんでもない変人だったらどうしよう。

ふたつめは丹葉に危険が及んでいないか。スーパー霊感体質の丹葉は、普段から霊を寄せつけない装備をしている。それでも引き寄せてしまう不憫な体質だ。シャバネの手鏡を前にして、とんでもない怪異に見舞われたりしないか。丹葉は大丈夫だろうか。

『師匠が一緒にきたら馬代の野郎が怪しむっしょ。666カフェに師匠さえいれば問題ないはずなんで。あくまであいつは師匠を怪談師にしたいんすから』

そう言われてしまってはぐうの音もでなかった。

私が心配するほど丹葉はやわではない。わかっていつつも気になってしまう。

それにそれとは別の懸念もある。融に丹葉の動向を知られないようにすることだ。

融とは無関係な案件なだけに文句を言われる筋合いはないが、バレればあとでなにを言われるかわかったものじゃない。

『なぜ僕に内緒でそんなことをするのかな。僕が君たちを裏切るようなことをしただろうか』

融の声が聞こえる気がしてゾッとしない。

せめて、丹葉が帰ってくるまでは融にこの件を知られたくなかった。ひとりでこの男を敵に回すのは怖い。拗ねそうだ。

「浮かない顔をしてる」

つむじをつつくような声にハッとした。振り返ると融がいる。

「僕の怪談、ちゃんと聴いていたのか」

「も、もちろんですよ！　さすが馬代さん、勉強になるっていうか……」

「どこが？」

「どこがって、間の取り方とかその、センテンスの切り方とかさすがだなって……」

「聴いてなかったな」

融は無遠慮に距離を詰め、鼻の先が触れそうなほど顔を近づけた。三白眼の瞳と至近距離で視線がぶつかる。あまりの近さに目眩がしそうだった。

演出の一環として怪談の最中は眼鏡を外す。近視なのだから危ないと助言したことがあるが無視された。

「なにか隠してるね」

「隠してないですよ！　というか近いんで眼鏡取ってきてください」

「……隠し事は構わないが、『隠し事をしています』と顔に書いてある人間を問い詰めるのは僕の仕事だろう」

「仕事ってなんですか。私の家族でも友達でもないのに」

「家族でも友達でもないが仲間だ」

仲間？　思わず声が裏返る。仲間と呼ばれるほどの時間を共にはしていないし、カイタンには加入したが口約束であって契約書があるわけではない。私にとっては怪談サークルに参加したくらいの認識でしかなかった。

しかし、それよりも融から『仲間』という言葉がでてきたことが最も驚きだった。

「仲間だからわかる。君はなにか隠し事をしている。その隠し事は僕とは無関係ではない。そうだろ」

「残念でした。全然違います！　わざわざ言う筋合いないですけど、じゃあ教えてあげます。実は昨日、『ストV』のアップデートがあったんです」

「『ストV』？　ああ、格闘ゲーム」

『ストV』こと『ストリートファイターV』は、アーケードで爆発的人気を博し、格闘ゲームというジャンルを確立したエポックメイキング的ゲームである、『ストリートファイターII』の正式ナンバリングタイトルだ。年に一度か二度、大きなアップデートが実施され、それが昨日だった——という嘘だ。

「そのことで頭がいっぱいで」

「下手な嘘だ。呆れるくらいな。バカはゴリラくんの担当だと思っていたのにな」

「LPっていうオンライン対戦で勝てば勝つほど増えるポイントがあって、獲得ポイント数でランクと称号がもらえるんです」

「そのくらい知ってる」

「最近、怪談教えてもらっていてあんまり時間が割けないんでランクアップしてないんですけど、私『アルティメットグランドマスター』なんです」

「なにその聞くからにすごそうな称号」

会場から「ええ――!」という男の声が響いた。目をひん剝き、血相を変えて私と融の間を割るように入ってくる。

「嘘でしょ！　本当ですか」

「……内緒です」

「その『アルティメットグランドマスター』とはそんなにすごい――」

すごいなんてもんじゃないですよ！　と悲鳴のような声をあげ、男は熱っぽく語った。こんなに詳しい人物が客にいたことは予想外だったが、説明の手間が省けて助かった。

要は日本ではまだ少ない高ランクプレイヤーというわけだ。そのひとりが私なのである。

「なるほど。スコアランク的には上から二番目……あまりすごさがわからないな」

「なに言ってるんですか！　世界で五〇〇万本以上売れてる、国際大会まで行われているタイトルなのに！」

説明が省けるのは助かるが話が長い。このままだとアップデートの嘘がバレてしまう。

「すみません、話の途中なので……」

私がそう言うと男はすみませんすみません、と何度も謝りキラキラした瞳を私に向けながら辞去した。最後まで割としつこくアカウント名を訊かれたがなんとかはぐらかした。

ふと融を見ると無表情で私を見つめている。

「な、なんですか」

「本当なんだ……、と思って。意外だな、ゲームをしているというより格闘ゲームの上級プレイヤーなんて」

「没頭しちゃうタイプなんです」

「それにしたってイメージできない。君が対戦プレイしている姿が」

本当に意外だったのか、融の声音はどこか弾んでいるように思えた。

「とにかくこれでわかりましたよね。昨日はアップデートがあったんで、そのことばっかり考えてて。結構仕様が変わったり――」

「りんちゃんが強豪プレイヤーだということはわかったけど、昨日が大型アップデートというのは嘘だね」

「だから何回言わせるんですか。私は」

呆れて反論しようとしたところに、融のスマホが目に入った。心なしか薄笑みを浮かべているような気がする。

「公式HPにはアップデートは昨年末とある。最新シーズンは4なので、大きなアップデートはしばらくない。……だろ」

先を越された。予期せぬ僥倖で私が上級プレイヤーだと証明できたというのに、融に信じ込ませたい部分があっさりと見破られてしまったのだ。

「急にゲームの話をするからおかしいと思った。でも僕がそう思うというのは君も想定内だろ。要はそこで本当にゲーマーだと証明してしまえば、それに付随する情報に少しばかりの嘘を吐いても説得力で押し通せる。大方こんなところか」

ぐうの音もでない。

「でも、なんとなく謎が解けた気がするよ」

「なんの謎ですか」

「年下の君がゴリラゴリラゴリラに『師匠』と呼ばれる理由。大方、君が強すぎてゴリラくんが勝てなかったんだろ。それで自ら条件をだして泣きの一回をしたが敗けた……というところか」

　エスパー融が誕生した瞬間だった。

「……本当は厭なんですけど」

「まあとにかく、ゲームのことを考えていた……という言い訳は瓦解したわけだ。その上で再度、同じ質問をしよう。『隠し事をしているね？』」

「……してます。してますよ！　けど、本当に馬代さんとは関係のないことです」

「ふぅん。でも、ゴリラくん。いないね」

「そんな日だってあります。ああ見えて大学忙しいみたいだし」

「大学？　夏休みだろ」

「丹葉は単位があれで、特別講義的なのがあるって言ってました！」

　その時私は融の勝ち誇った目を見逃さなかった。そのまなざしと表情は普段より一層性悪さを醸し、絶対に逃がさないという無慈悲さすら感じる。

「なんですか……」

「彼の大学は今校舎の建て替え工事中だよ。リサーチ済み」

　へっ、と間抜けな声が漏れる。なにを言っているのだこの男は。

「嘘だと思っているね。僕は物事を確実に進行しなければ気が済まない質なのだ。君たちをカイタンに招きいれるにあたって、彼のことはリサーチ済みだ」

当然、君のこともね。となぜか融は話を分けてわざわざ言った。

「つまり墓穴を掘ったということだよ。りんちゃん」

確信犯だ！

融は最初から丹葉がなんらかの理由で今日きていないことをわかっていて、わざと私に訊いてきたのだ。

私がゲーマーだという事実はリサーチできてなかったくせに……。

「必ず君と一緒だったゴリラくんが今日に限っていない。うむ、気になるね。ゴリラくんがいない理由を隠しているということは、僕に聞かれてはまずいこと……というわけだ」

「違います！」

融はカウンターに置かれたポッキーを一本抜くと、その先端で私の鼻を指すようにして宙で回した。

「わかるぞ、りんちゃん」

「なにがですか」

「シャバネ」

心臓が跳ねる。顔にださないよう懸命に努める。

「それしかないね。君が僕に黙って勝手なことをするとすれば、『シャバネ』関連の事案だ。僕に協力を仰いでおきながら勝手な行動をとるとは」

「馬代さんに許可を得る筋合いなんてありません！」

「確かにそうだが、事実君は僕にバレて慌てているじゃないか。そんなあたふたした姿を見せられちゃ、僕としても追及せざるを得ない。そうだろう?」

しまった。もっと堂々としていればよかったのか。失策だった。

「じゃあ、言いません」

もう遅いよ。と融は静かに言った。

「りんちゃん。君はわかっていない。『シャバネ』関連の話の本質を」

融はたとえにトイレの花子さんをだした。

「あれは怪談に携わるものでなくてもみんな知ってる。呼び方も地域や場所によって異なるものの、大筋では大体一緒だ。だが『シャバネ』は怪談界隈で有名なくせに表面にでてこない。それには理由があるんだよ」

小さく深呼吸をすると融は言った。

「忘れるんだ」

「忘れるって……」

心臓が大きく脈打つ。脳裏によぎる思いだせなくなった妹の顔。

「君の妹のように完全に消えてしまうわけじゃない。だけど、シャバネの話は怪談話の時に頭に浮かばないんだ。それだけじゃない、日常会話でも不思議なほどでてこない。時々なにかの拍子に『シャバネ』の話題が持ち上がった時、誰もがハッと思いだす」

「でも私は覚えています！　忘れたことなんか……」

「りんちゃんは当事者だからだよ。その手鏡を持っていることも大きいのかもしれない」

融は改めて私の隣に座る。そしてシャバネについて語りはじめた。

「たぶん、不審に思っていたんじゃないかな。僕は怪談取材のほかにシャバネのネタを君に提供すると約束した。なのに僕からは一向にシャバネに触れないことに」

うなずく。まさにその通りだ。融という男の人となりはなんとなく輪郭が見えてきた。それだけに疑問に思っていたのだ。でなければ融に黙ってみさわ怪談会に行かなかったかもしれない。

「言い訳に聞こえるだろうが、思いだせなかったんだ。幸い、手帳には書いておいたから開くたびに思いだすことはできたんだが、君らに会う時には忘れている」

「馬代さんが忘れん坊さんなだけじゃないんですか」

「まあ別にそう思ってもいいさ。僕はあくまで怪異否定派だから、むしろそうであってほしいくらいだ。ただし、『シャバネ』は誰もが覚えていられない怪談。もしも、ゴリラくんが『シャバネ』関係でこの場にいないというのなら、彼自身がやらなければならないことを覚えているか心配だがね」

融は含みを持たせた笑みを浮かべた。伏し目がちに細めたまなざしが挑発的だ。

「そんな、忘れる話なんて」

信じられません。そう言葉を紡ごうとしたが、実際にえつのことがみんなから忘れ去られてしまった事実がある。この世でえつのことを覚えているのは私と丹葉のふたりきりだ。友達も多く、年齢を問わず慕われた妹だった。なのに、そのすべての人間の中でえつの記憶だけがぽっかりと空いてしまい、そのことにすら気づいていない。

そんなあり得ないことが起こったのだ。『シャバネの手鏡』を妹が持ち帰ったあの日から――。

信じられない、という言葉を私が軽率に使うことなど許されなかった。

スマホを見る。丹葉からの連絡はない。思えば、今日は一度も丹葉からの連絡はなかった。体質のことで心配はあったが、それ以外でいえば丹葉は筋肉質だし運動神経もいい。ケンカも敗けたためしがないと聞く。だからきっと大丈夫だと高をくくっていたのかもしれない。

「ちょっと、いいですか」

融は会話のリズムを乱され、わずかに表情を曇らせる。大人げない男だ。

カウンターから離れて店の外の通路で私は丹葉に電話をした。

無機質なコール音が冷たい。まるで氷を耳に当てているようだ。

コール音が重なるたび、動悸が激しくなる。丹葉は電話にでない。

不安をかき消すようにメッセージを立て続けに送る。

『大丈夫?』、『うまくいってる?』、『電話にでて』、『電話して』、『なんでもいいから返事ちょうだい』――。

メッセージが既読になるのを待ちきれず、またコールする。でない。

「またさっきにも増して真っ青な顔で戻ってきたね」

カウンターに戻ると融が私の顔を見て、曇らせた顔を明るくさせた。人の困っている顔を見るのが好きらしい。

「馬代さん……話します」

「なにをだ」

「いじわるしないでください……一刻を争うんです!」

融はそれを聞いてにやりと口角を上げた。なんだか楽しそうだ。

「……聞こう」

# りんと融とシャバネの手鏡

# 1

夜の高速をワンボックスカーが爆走する。映画『ザ・クレイジーズ』の白い防護服のガスマスク男がでかでかとラッピングされた、見るからにアレな車だ。

そこに私と融は乗っていた。窓の外では、ぎゅんぎゅんとすごい速度で街灯が光の余韻を絶やさず流れてゆく。ちゃんと速度を守っているのか、不安になった。

「融、これは貸し〈1〉だから」

「ああ。ちゃんと返す返す」

「ほんとかなぁ～？　……まあいいけど」

運転手はこの車の持ち主である病TAROHだった。店を営業途中で畳み、丹葉が向かったであろう場所へと車を走らせていた。

「すみません、病TAROHさん。無理言って」

「いいんですいいんです。貸しは全部そいつ持ちなので。いつかまとめて返してもらいますんで」

「期待して待つがいい、やまちゃん」

やまちゃん？　と訊き返すと「ああ、僕の本名『山上太郎』だから」と運転席から返ってきた。思ったより普通の名前だな。

「それにしても馬代さん、丹葉の居場所……よくわかりましたね」

「まあね。バイクにGPS発信機つけてるし」

へえ〜、と返事した三秒後、

「はっ？　発信機!?」

「うん。フル充電で七日くらい動く。三日くらい前に充電したから心配いらない」

「いや、心配とかそういうことじゃなくて！」

「ああ、防水だから大丈夫」

「なに勝手なことやってるんですか！」

融の常識を疑い、思わず声が大きくなった。

「大きな声をだすな。耳がキーンとなる。大体なぜ悪い？　別にやましいことに使うわけじゃないし、実際、今大いに役に立ってる」

「常識的にだめって言ってるんです！」

「常識？　別に盗聴したわけじゃないし、電波だって拾って聞くだけなら合法。居場所を特定するのに発信機をつけるのがいけないというのは、どの見地から言っているのかな」

「ごちゃごちゃうるさい！」

「ＯＫ。大人しくしてやろう。そのかわりこれ以上言及するのもナシだ」

この男は本当に……！

合理主義かと思わせておいてただ偏屈なだけだ。こんな男に頼らなければならない現状を憂いつつ、喉まで上がってくる罵詈雑言の言葉をなんとか押し戻した。

「まあまあ、落ち着いてふたりとも。それよりも僕の車かっこいいでしょ？　本当は『Dawn of the Dead』もいいなって思ったんですけどね。あ、トーゼン、ロメロ版ですよ。こう見えてロメロ信者なもんでして。前に『Night of the Living Dead』で女の子が腕食べてるシーンのラッピングしてたら警察に怒られちゃって。だからゾンビじゃないロメロといえば……ってことになってこれにしたんです。あ、言うまでもないですが一九七三年のほうですからね！」

病ＴＡＲＯＨは機関銃のように喋りだした。なにを言っているのかわからなかったが、全部ホラー映画の話題のようだ。

辛うじてわかるものから、聞いたこともないタイトルのものまで、病ＴＡＲＯＨの一方通行なホラー映画トークは止まらない。

苦笑いを悟られないよう、話を止めない程度の相槌を打った。

「前からりんちゃんにホラー映画の素晴らしさを教えてあげたかったんだ！　ホラー映画ファンを新規開拓するのが僕の責務だからね」

なんの責務かよくわからないが、病ＴＡＲＯＨはさらに興奮する。それを聞きながら融は頬杖を突き、窓の外を眺めていた。今に始まったことではないのだろう。

全く興味がないこともないが、ゾンビが好きかと言われれば微妙である。私にとってのゾンビは格ゲー『ヴァンパイア』のザベルだし。

病ＴＡＲＯＨに喋らせておけば、上機嫌で運転するからと融に言われて、私は相槌を打ちながらこれから向かう先のことを考えた。

みさわ怪談会でのことは融に全部白状した。融も美澤とは面識があるようで、話自体はすぐに理解した。

だが最後まで話し終えると、途端に眉間に皺を寄せ険しい表情をした。

「シャバネの手鏡を持っているだと？」

「そうなんです。私も意外でした。ひとつだけじゃないんですね、シャバネの手鏡って」

「シャバネの手鏡はひとつだ」

「……え？」

「前にも言ったが、『シャバネ』系統の話には必ずアイテムがでてくる。種類は話によってまちまちだけど、大きく分けるとみっつ。『鏡』、『石』、『剣』。これらはひとつずつしか存在しないと言われている。なぜなら、このみっつはそれぞれ別の力があるからだ。『鏡』は悪霊を祓う。『石』は悪霊を従える。『剣』は悪霊を殺す。いくつもある『シャバネ』系統の話はこのアイテムがなにかによって最後の展開が違うんだ。考えればわかることだが、そもそも『シャバネ』の話は当初みっつあった。ひとつの話が徐々に広がり派生していったんじゃない。みっつの話が拡散されていく過程で増えた。時間をかけシャバネの話は広がっていったのだろうな」

「でも待ってください馬代さん！　さっきは『シャバネの話は覚えていられない。忘れる』って言ったじゃないですか。だったらみっつあったにせよそこまで広がるなんて考えられないです」

そうだな、と返事をすると融は口元を緩ませた。ハッとその目を見るとキラキラと輝いている。

「ここが『シャバネ』系統話の面白いところなんだけど……。これらの『シャバネ』の話、忘れられるようになったのはここ二〇年くらいのことなんだ」

「二〇年？」

「実はね、シャバネの発祥になったと思われる神社がある。そこにシャバネのアイテムが奉納されていたらしいんだ」

驚く私に構わず融は続けた。

神社はひとつではなく、これも三カ所存在した。それぞれに『鏡』、『石』、『剣』が奉納されていたという。いつ頃から神社が存在していたかは定かではないが、みっつの神社は近い場所に固まっていたわけではなく、ちょうど本州を三等分した地域にそれぞれひとつずつあったらしい。『鏡』は京都に。『石』は青森に。『剣』は山口にある小さな神社にあった。だから『シャバネ』の話は広い地域で爆発的に広まった。一方で本土外の北海道や四国、九州といった土地には未だに『シャバネ』の話は浸透していない。

「鏡、石、剣なんてまるで三種の神器だよねえ。これらはお伊勢さんを避けるように散らばっているのがまた興味深い点といえると思いますよねえ」

じゅるっ、とよだれをすする病ＴＡＲＯＨ。ああ、この人も変態だったんだ、外見通り。

「『シャバネ』が忘却の怪談になったのは、これらの神社がなくなってからだ」

「なくなった？　神社がなくなったりするの」

「後継者不足であちこち社寺も廃されている。なにも最近の話じゃなく、もうずいぶん前から深刻な状況だ。日本国内に存在する神社は八万社ほどあるのに宮司は一万人ほど。ひとりでいくつもの神社を兼務しているという現実がある。神社だけに限って話をしたが寺事情も似たようなものだ。これに加えて災害で倒壊したまま修繕費の目途が立たず放置、というケースもままある現状。ひと口になくなったといっても理由は様々だということだ。有名どころでも穏やかじゃないことが多いみたいだがな。時々見るだろう、社寺のお家騒動で事件に発展したという話を。もともと庶民の管理を行っていた今でいう市役所みたいなものだ。利権が絡んで血なまぐさいことに……みたいなことも昔からよくあった。社寺が舞台の怪談でもそれ絡みのものは決して少なくない。『俺が宮司になるはずだったのにこの恨みはらさでおくべきか』ってな」

「後継者不足……なんだか虚しいですね」

「神を祀り、仏に拝む彼らが血で血を洗う争いを繰り広げるとは、なかなか洒落が利いているじゃないか。僕は好きだがね。ともあれ、『シャバネ』の三器が奉納されていた神社もまたそれぞれの事情を抱えて潰れた。その後、三器が忽然と紛失し、『シャバネ』が怪談から消えたといわれている」

背が粟立つと同時に震えが足の爪先、腕の指先から痺れと共にやってきた。

その三器のひとつが私のもとにあるのかと思っただけで、すぐにでも手放してしまいたい衝動に駆られる。

「わかったろう。三器はそれぞれひとつずつしかない。美澤さんの知人が『鏡』以外の三器を持っているというのならともかく、りんちゃんが『鏡』を持っているのに、別の人間が『鏡』を持っているというのは警戒に値する。もちろん、相手のほうが本物である可能性もあるし。そして、両方とも偽物ということもある。だが『どっちも本物』という展開だけは絶対にあり得ない」

——これが偽物……？

偽物のほうがありがたい気もするが、実感としてそれはあり得ないと思った。

実際にえつは消えた。消えたえつの代わりに手鏡が遺ったのだ。

それに怪異を……霊を前にした時に発動する不思議な力。あの力が嘘なら、一体この手鏡はなんだ。考えるまでもなく、私が持っている手鏡が本物であることは間違いない。

「じゃあ、美澤さんの知り合いの人が持っている鏡は偽物……」

「そうかもしれない。まあ、僕にはその辺はわからないし、そもそも信じてないけどね。ただ、それらが『あるもの』として考え、なおかつりんちゃんの持つ鏡が本物だった場合。その人物が持っていると考えられる鏡の出自は一体、どこなのか。なにより、危険なものではないのか」

丹葉の顔が脳裏に浮かぶ。あれから一向に連絡はない。

スーパー霊感体質の丹葉に、偽物の手鏡……。厭な予感しかしない。通常で考えるなら、偽物に特別な力が宿っているはずがないと考えるべきだが、そうではないなにかがあるような気がしてならない。

これを虫の知らせというのだろうか。全身が不安のベールに覆われていくのを感じた。

2

「到着したよ。ここだ」

病TAROHは真っ暗な畦道のド真ん中に車を停止させた。

「到着したって……なんにもないですよ」

「とりあえず降りよう」

融は私の問いには答えずドアを開くと、なにもない畦道に降り立った。

不審に思いながら融に続く。ここがどこなのか、という疑問以前になにも見えない。辛うじて遠くに民家の明かりだけがチカチカと弱々しくともっていた。

あとは夜空に輝く星。月。

田園地帯だろうか。ぬるい風が葉を揺らし、カサカサと囁き合っている。街と比べものにならない満天の星。だからといってそれらが地上を照らすわけではない。どれだけ目を凝らしても闇には変わりなかった。

「はい、これ。懐中電灯」

「ありがとうございます。あれ、馬代さんのぶんは？」

病ＴＡＲＯＨから私のぶんだけ懐中電灯を渡された。

「馬代さんはなくていいんですか」

「僕は行かない」

「ええっ！」

悲鳴に近い叫び声をあげる。ウシガエルの鳴き声が一時的に止まった。融は車番をしなければならないとのことでここに残るらしい。

「声が大きい。だがいくらでもだしていいぞ。ここでは誰も苦情は言わない」

「なっ、バカですか！　なんで私ひとりなんですか！」

「僕がご一緒しますよ」

病ＴＡＲＯＨがにんまりと笑って横に並んだ。

「え……病ＴＡＲＯＨさんが？　だったらいいですけど……。ってか一緒にこないならなんで車から降りたんですか？」

ひとまずひとりではないと安心はしたが、あたかも一緒に行く空気をだしていた融に対して疑問を投げかけた。

「せめて見送りをしようかと思っただけだよ。嬉しいだろ」

「ほら、融はオバケが怖いから」

「僕が怖いのは人間の欲だけだよ」

病TAROHはとんでもなく乾いた笑い声をあげた。そのスキル欲しい。

「その手鏡があればなにが起きても問題ないだろうし、僕は君ひとりで大丈夫じゃないかと助言したんだがね。病TAROHが行くと言ってきかなくて」

「女の子ひとりを危ない目に遭わせても平気な神経は持ち合わせてなくてね」

そう言いつつも病TAROHは「そんな助言聞いてないけどね」と耳打ちした。

オバケが怖い怪談師ってなんだ、と思うが病TAROHを同行させてくれるあたりちゃんと配慮はしてくれたらしい。

「りんちゃん。一応病TAROHが同行するが、当てにはするな。いざという時に頼っても足手まといになる。あくまで悪霊と立ち向かえる術を持つのはりんちゃんだけだ」

「……わかってます」

「物わかりがいい。君のいいところだ」

そう言って融は私の頭に手をのせた。健闘を祈るという顔だ。どうも納得いかないが仕方ない。

「それはいいとして、丹葉は一体どこにいるんですか」

「あれを見てください」

病ＴＡＲＯＨが指を差す。その先に懐中電灯の光を向けると一台のバイクが停まっているのが見えた。

「丹葉のバイク……！」

「ビンゴ、ですね。八〇年代スラッシャーホラーブームに量産された映画だったら、完全に死んでるパターンですが」

なんて朗らかなトーンで縁起でもないことを言うのだ。病ＴＡＲＯＨは見るからにテンションが上がっているようだった。きっとこのシチュエーションに興奮しているのだろう。というか、むしろなぜ病ＴＡＲＯＨがカイタンのメンバーでないのか不思議だ。

「あのぉ……」

「訊くまでもないぞ」

訊ねてみようと病ＴＡＲＯＨに声をかけたところに、融が被せてきた。

「この男はホラー映画が好きすぎて、そういうロケーションではハメを外しすぎる。車やタトゥー、店の感じを見てわかるだろ。それが理由だ」

「ハメを外しすぎる……」

「ゾックゾクしてきたぁ〜！」

確かに厭な予感がする。言われてみれば同行させるには、この男が最も危険かもしれない。色々な意味で。

「Welcome to prime time, bitch!」

だめだこりゃ。

だんだん私ひとりのほうがマシなのではないかと思えてきた。気のせいでありますように。

——でも、そんなこと言ってられないか……。

気を取り直す。もう一度落ち着いて考えてみよう。そもそもこんなところに丹葉のバイクがあること自体がおかしい。

融が取りつけたGPS発信機はバイクにつけたもの。バイクを降りた丹葉本人の動向まではわからない。

丹葉の今日の予定は知っている。シャバネの手鏡を持つ女と会っていたはずだ。

だがこんなになにもないところで待ち合わせをするだろうか。

違う。私は無意識に見て見ぬ振りをしようとしている。ここにはなにもないわけではない。闇の中により一層の漆黒。……森だ。

「福井のほうに『ニソの杜』という禁足地がある。それにそっくりだ」

融もまた森を見上げて言った。

ニソの杜は知らないがトトロの森と似ていると思った。ここにバイクがある以上、丹葉はこの奥にいる可能性が高い。こんな暗闇の森ならトトロに出会ったとしても恐怖で気を失いそうだ。

「めちゃくちゃ怖いんですけど……」

「心を強く持つんだ。りんちゃん」

マジでどの口が言うんだ。緊張と不安から喚き散らしそうになる。

「他人事だと思っ……」

喋っている最中で口になにかを押し込まれた。

甘い。押し込まれたのはチョコだった。

「カカオはいい。心を落ち着かせてくれる」

「あ……っ、馬代さん。うしろに真っ赤な顔の女の人がいます」

「ぴゃっ！」

鳥が驚いて飛び立つような奇声だけを残し、融の姿が忽然と消える。車内に逃げ込んだようだ。腹いせで揶揄(からか)ったつもりが予想以上に驚かせてしまった。

ちょっとかわいそうなことをしてしまったかな……。

何度も繰り返すが、あの調子でなぜ怪談師ができているのだろうか。だって今、「ぴゃっ」て言ったぞ。

——でもまあ……怖がりなのにここまで付き合ってくれたというのは、馬代さんなりに無理をしてくれたのかな。

そう考えると勇気づけられた。どうせ行くしかないのだ。引き返す、という選択肢はない。

かち、かち、と懐中電灯のスイッチを切り替え、正常に機能することを改めて確かめると、私はそびえる漆黒の森に向き合った。

まるでドーム状のブラックホールだ。この世の闇がここに凝縮しているかと思わせる、完璧な闇だった。

「行ってきます」

私たちは丹葉のバイクの向こう、森の奥へと足を踏み入れた。

## 3

湿った土と、木々、草葉の匂いで頭がくらくらする。

本来、自然由来の匂いというものはそれほどパンチのあるものではない。だが暗闇と孤独と不安で、そんな自然の香りですら凶器に感じる。

さっきまでぬるかった風が冷たい。通り過ぎていく風が、氷で肌を撫でるようで寒気が走った。

頭上で枝葉がざわめいた。まるで雑踏の中で囁く人の声だ。案外、私の頭上には人がいるのかもしれない。夥しい数の人間が、上から私を見下ろして笑っているのだ。

一度想像をしてしまうともう頭上を見上げることはできない。もしも群れる人々の瞳と目が合ったら――。

「なんでこう闇っていうのは人間の心を高揚させるんでしょうかねえ」

「高揚は……しないかな」

こんな男でも横にいてくれるだけで心強い。さっきまでウザかったテンションもここではありがたかった。私ひとりなら間違いなく失神している。

奥に進めば進むほど丹葉がここにいるという確信が薄れてゆく。

丹葉のバイクが森の入り口にあり、周辺にはこの森しかない。だからといって丹葉が確実にここに足を踏み入れたという保証はないではないか。

というより、こんな場所で待ち合わせるわけがない。進めど進めどなにかがある気配がないのがその証拠だ。

「やっぱり引き返しましょうか」

「なに言ってるんですか！　このシチュエーションならもうすぐ殺人鬼が立ちはだかる頃ですよ」

マジでなに言ってんだこのおっさん。

「ひゃあっ！」

頬を虫がかすめ、蜘蛛(くも)の巣にも引っかかった。

「バケモノですか！　どこですか、僕の空手百段で返り討ちにしてやりますよ！」

空手百段……ほんとかなあ……。

返事をする気力も湧かなかった。懐中電灯で照らす範囲は狭く、奥に続く闇をより濃くしている。

「丹葉ぁ〜……丹葉あ！」

孤独と不安をかき消すように叫ぶ。

「丹葉くーん！　おーうい、丹葉くーん」

病ＴＡＲＯＨも私の声を聞いて本来の目的を思いだしてくれたらしい。

バイクが置き去りにされていたのだって、いくらでも理由をつけられる。

例えば、ガソリンがなくなったとか。あるいは突然の故障だってあり得る。丹葉自身も古い車体なのでしょっちゅうガタがくると言っていた。あながち的外れな考えではないかもしれない。

もしもそうなら、やむを得ずここにバイクを置き去りにして後日出直すため帰った……というケースも考えられる。そうであってくれたなら、私は今すぐにでもこの森から逃げだすことができる。

だがその判断を下すのはまだ早計だ。

「丹葉ぁ～！　いるの～、ねえってば！」

頭上であざ笑う人々の囁き声。空耳だと言い聞かせ歩む。じっとりと汗でシャツがまとわりつくのが不快だった。今すぐ帰ってシャワーを浴びることができればどれほど幸せだろう。

「お父さん……」

闇の中から声がした。凍りつく。私はその場から一歩も動けなかった。

「お父さん、いるの」

またただ。今度こそ本当に声がした。人の声である。頭上の木々が揺れる音などでは絶対ない。子供の声だった。

「お父さん、痛いよ。痛いからもうやめて」

声がだせない。喉が張りつく。シャツに染み込んだ汗が急激に冷える。声は私に近いところから聞こえてきた。

「りんちゃん、今の――」

しっ、と病TAROHを黙らせ耳を澄ませる。

「ごめんなさい。静かにしてるから。声をださないから、たたかないで」

声のした方向がわかってきた。その方向を照らすべきか迷う。怖かった。

この状況になって、丹葉の頼もしさを痛感する。丹葉がどれだけ心の拠りどころだったのか、思い知った。

ここには誰もいるはずがないのだ。私たち以外の人間など、いるはずがない。いるとすれば丹葉だ。だがあの声は……あの声？

耳を澄ませる。もしかすると、あの声は――。

「ずっとここからでません。許してください。許してください。ごめんなさいお父さん。ごめんなさい」

音を殺し、懐中電灯の明かりだけを横に動かしてゆく。私の左背後のほうからその声は聞こえた。恐怖はあった。薄れるはずもない。

だがその声は、聞き覚えがある。

唾を飲み込む音ですら怖い。得体の知れないなにかが襲ってくるかもしれない。

声のした方向を照らした。そこには膝を抱えてうずくまる人影があった。その姿を見て私は叫んだ。

「丹葉！」

「待ちなさいりんちゃん、なんだかおかしい」

駆け寄ろうとしたのを病ＴＡＲＯＨに止められる。

「ごめんなさい。弁償します。働いて弁償するから許してください」

丹葉は誰かに謝りながらうずくまり、前後に揺れている。手にはなにかを持っていた。見るからに正気を失っている。それに声が普段の丹葉のものじゃない……霊にとり憑かれているのだ。

「しっかりして丹葉！」

「近づいちゃだめです、りんちゃん！」

「お母さん、お母さん、なんで助けてくれないの」

急いで丹葉に近寄ろうとした時、丹葉の手元が光った。一瞬だったのでなにかと思っているともう一度、キラリと光る。それもやはり一瞬だった。

だが今回ははっきりと、なにが光ったのかわかった。……鏡だ。

「シャバネの鏡なの？」

「ぐわあっ！」

私の背後で突然悲鳴が聞こえ、思わず振り向く。病TAROHが地面に転がり、懐中電灯が宙を飛んでいた。

「病TAROHさん！」

「つまずいただけだ！　僕のことはいいから逃げて！」

自我を失くしている丹葉と突然倒れた病TAROH。私はどっちに行くべきか咄嗟に判断がつかず、立ちすくんだ。

「お母さん、お腹減った……オムライス、カレー、ハンバーグ食べたい……うう、食べたい……」

「丹葉！　しっかりしてよ、病TAROHさんが！」

「虫は食べられないよ！　厭だ、そんなの、食べ物じゃない……」

ダメだ。全く反応しない。

病ＴＡＲＯＨのことを気にしつつも私は丹葉に駆け寄った。丹葉はぶつぶつとなにかをつぶやいている。聞き耳を立てると、ひたすらオムライスカレーハンバーグと繰り返していた。やはり子供の霊が丹葉に憑いているらしかった。

なぜ子供？

丹葉の身になにがあったのか。なぜ鏡を手に持ったまま、子供の霊が憑いている？

「……ぼく、お名前はなんていうの」

「きむらたかし」

「どうして、このお兄ちゃんの中にいるの」

「だって、コレをもらってくれたから……」

丹葉の中の子供はそう言って手に持った鏡を見せた。思わず声がでそうになる。

どこからどう見ても、『シャバネの鏡』ではない。

なぜならば、それは『ドラゴンボール』の絵がプリントされた子供向けの手鏡だったからだ。神社に奉納されている三器のひとつが『ドラゴンボール』のわけがない。

「病ＴＡＲＯＨさん……！」

返事がない。振り返って見ると倒れたまま動いていない。気を失っているだけと信じたい。

だが頼りになる者が不在になったことで逆に肚が据わった。今、丹葉を救えるのは私だけだ。そう思った私は丹葉の中の少年との対話を続けることにした。

「たかしくん、これは誰の鏡なの」

「僕の鏡。お母さんが誕生日にくれた」

「お母さんにもらったんだ。じゃあ、お母さんはどこにいるのかな」

「わからない。お母さんに会いたいよ……」

「お母さんって……たかしくんが入っているお兄ちゃんにその鏡を渡した女の人のこと？」

「違う……お母さんはあんなじゃない」

ぼんやりとだが話が見えてきた。丹葉は『シャバネの鏡』を持つという女と落ち合った。そして、女が持っていたのが『ドラゴンボール』の手鏡だったのだ。

どういう話の流れになったのかはわからないが、丹葉はこの手鏡を女から譲り受けた。そこで手鏡に憑いていた子供の霊に囚われたのだ。

だが一方で私は疑問があった。

丹葉はなるべく霊が寄りつかないように普段から数珠やお札やお守りなどを身につけていた。目の前の丹葉にはそれらが見当たらない。霊が憑いたあとで外したのか、それともそれ以前に自分で取ったのか。

それともうひとつ。丹葉は子供の霊くらいなら自我が奪われるほど憑りつかれたりはしない。修行や特訓をしたわけではないが、生まれつき霊感体質だった丹葉にはある程度の免疫がついていたのだ。いくら霊とはいえ、子供の力に屈服するとは考えづらかった。

「たかしくんがいるそこはお兄ちゃんの体なの。そのままだとお兄ちゃんが疲れちゃうから、でてくれないかな」

「いやだ！　僕はここにいる！」

信じられないことだが、私は今丹葉を介し霊と会話をしている。こんなにも直接言葉を交わせることに驚きつつ、平行線の話に困り果ててしまった。

だから……私は、正直に対話するしかなかった。それにこの子と話していると、子供の頃を思いだす。私にべったりだったえつのことが。私が今話せることはこれしかない。

「聞いて、たかしくん。私ね、妹がいるの。すごく明るくて、誰にでも優しい女の子。でも私のせいでいなくなっちゃった。だからね、お姉ちゃんは一生懸命、取り戻そうと頑張っているんだ。そのお兄ちゃんも妹……えつを助けたい一心で、危ないことばっかりしてくれている。お兄ちゃんはオバケや幽霊をたくさん呼んじゃう体で、それを知ってて私は……」

丹葉に甘えていた。頼りきっていた。厭なことはみんな押しつけて。最低だね。

「ねえ、たかしくん……お兄ちゃんのところじゃなく私と遊ぼうよ。きっとそのほうがいいから。ね」

本心だった。これ以上丹葉に負担をかけてしまうくらいなら、私も危険を受け入れる覚悟だった。丹葉ばかり危ない目に遭わせて、私は安全なところで見物だなんて虫がよすぎる。

それに私よりも丹葉のほうがきっと頼りになるはずだ。たかしがこっちにきても、丹葉ならうまくやってくれるはず。……怖いけど。

「ね？　こっちへおいでよ」

丹葉の中のたかしは黙り込んでいる。迷っているのだろうか。辛抱強く反応が返ってくるまで見守る。

前後に揺れていた体がぴたりと止まった。そして、小刻みに震えはじめた。

「丹葉！」

思わず名を呼ぶ。丹葉の身に異変があったのは明らかだ。

「し……師匠、なん……で」

たかしの声から丹葉の声に戻った。だが苦しそうだ。

「丹葉？　戻ったの。よかった！」

「だめ……す！　俺から、離れ……」

「え？」

次の瞬間、私は突き飛ばされ背中から転がった。

「きゃあ！」

「行くもんか！　お母さんが迎えにきてくれるまで僕はここにいる！」

丹葉の中のたかしが高ぶり、声を荒らげた。しまった、丹葉の名を叫んだせいで機嫌を損ねたらしい。

「こ……こんなところにいたって、お母さんはこないよ！」

「くるもん！　だって、お母さんが僕をここに連れてきたんだから！　きっともうすぐ迎えにくるもん」

「連れてきた？　迎えにくる？」

「おがあざんがぼぐをごろずわげない」

壊れたスピーカーのように濁（にご）る声。異形のモノが丹葉の中にいることを改めて思い知る。

頭が混乱する中で、たかしが主張している内容に違和感を覚えた。

なぜここに丹葉がいたのか。なぜここに丹葉を連れてきたのか。

懐中電灯で丹葉を照らし、動向を注視しながら私はスマホを取りだして融にコールした。

「馬代さん、この辺で起こった事件か事故を調べてください！　ええっと、子供……男の子が失踪したとか、そういうの！」

スピーカーの向こうから融がぎゃあぎゃあとなにか喋っていたが構わず通話を切った。こっちはそれどころではないのだ。

「師匠……だから逃げ……って」

「無理だよ丹葉！　私だけ逃げて、丹葉を置いていくなんて」

苦悶に歪む表情を浮かべ、丹葉は時折正気を覗かせる。完全にたかしに体を囚われてはいないようだ。

だがすぐにくしゃくしゃに怒りくるった表情に豹変し、今にも私に飛びかからんとしている。

「お前がどっか行けぇぇ！」

丹葉が飛びかかってきた。私は横に転がりそれを回避する。

日頃動かしていない筋肉がぶちぶちと切れるような感覚がする。日がなゲームばかりしているのが祟った。運動しておけばよかったという後悔で身を焼かれそうだ。

ただでさえ暗闇。ただでさえ運動不足。ただでさえ丸腰――。

「病ＴＡＲＯＨさん起きてぇ！」

声の限り叫ぶ。病TAROHが死んでいないことだけを切に願って叫んだ。懐中電灯の明かりをまともに顔で受ける丹葉の形相はまるで別人だ。当然だ、中身は別人なのだから。相手が霊体でない以上、肉体的な危険が私に迫っている。

もしも丹葉に捕まってしまえば、怪我は免れないだろう。最悪殺され……いいや、考えるな！　そのくらい覚悟している。丹葉を取り返すためなら怪我なんてどうだっていい。

『♪』

突如スマホから『ストⅡ』のガイルステージのメロディが流れた。

「うがああ！」

夜の闇と脈絡のない着信メロディに丹葉が反応する。一瞬、スマホに気をとられ、避けるのが紙一重になってしまった。危なかった。

すかさず私は丹葉に背を向け、全力で走った。だがどっちの方向に走っているのか、全くわからない。

「もしもし！」

走りながらスマホにでた。相手は融だ。タイミングの悪さはさすがだ。いや、よかったのか。

『調べたが、このことを知っていたのか？』

「いいから早く教えて！」

『タメ口とは穏やかじゃないな。そうだ、今度小魚を粉末にしたお茶――』

「なんで空気読まないの、わざとでしょ！」

『心外な。ネットにバッチリ載っていた』

「読み上げてください！」

『りんちゃんが考えた通り、十六年前にこの近くで男の子の失踪事件が起きている。母親の内縁の夫で義理の父親がＤＶ男でね。近所でも有名だった。当時小学一年生で、「しばらく休む」と母親から連絡があったきりこなくなったのを不審に思った担任が自宅を訪ねたことから、事件が発覚したらしい。母親は自宅で首を吊って死んでいてね。死後一週間が経っていた。どうやら子供がいなくなったのと同じ頃のようだ』

　母親が死んでいた？

「ちょっと待ってください、じゃあ……」

『まあ落ち着きたまえよ。その後、義理の父親が母親の遺体遺棄で逮捕された。しかし、男の子の行方はわからなかった。義理の父親は部屋で妻が死んでいるのを発見し、動揺して逃げたが男の子のことは関与していない、と供述しているが真実は藪の中だ。おそらく自殺した母親が行方を知っているだろうと考えられたが、遺書や行方を指し示すようなものも見つからず捜査は難航。目ぼしい証言も手がかりも得られないまま、捜査は打ちきられた……とのこと』

「失踪した男の子は【きむらたかし】くんですか」

『君はエスパーか？』

「いちいちふざけないで！」

『怖いな。立派な恫喝（どうかつ）だぞ。そうさ、失踪した男の子の名前は「木村孝（きむらたかし）」だ』

「すぐに警察を呼んでください！」

『警察？　病ＴＡＲＯＨはどうした』

「病ＴＡＲＯＨさんも怪我して倒れているんです！　早く通報してください、それとも馬代さんがきますか！」

言いたいことだけを言って通話を切る。それと同時になにかが突然、上から覆いかぶさってきた。

「きゃっ！」

「なんで僕ばっかり！　なんでお母さん、なんでなんでなんで！」

覆いかぶさってきたのは考えるまでもなく丹葉……いや、孝だ。中身は子供だが体は丹葉。私が抵抗したところでびくともせず、あっという間に馬乗りの体勢になった。

「一緒に死のう？　なんで？　なんで死ぬの。なんで首を……苦しいよ、苦しいよ！」

真っ暗で見えないはずなのに、目だけが赤く光っている。光っている気がする、などという曖昧な光ではない。まるでＬＥＤだ。眩しいくらいに私の顔を射抜く。

「孝くん！　あなたはもう死んでるの、悲しいけど……もうこの世にはいないの！　だから……」

「死んでる？　厭だ、厭だ！　ねえ、お姉ちゃん……僕の代わりに死んで！」

すごい力で押さえつけられ、身動きが取れない。丹葉は体を駄々っ子のように激しく上下に揺すり、あーあー！　と喚いている。

とりとめないように思えるがその躍動には無垢な殺意を感じる。儀式の前の舞に似ていると思った。やがて丹葉の手が私の首に――。

「んぐっ！」

気管が圧迫され、顔が風船のように膨らむイメージが私を襲った。苦しい、首を絞められている。まるで胴と首から上が切り離されたかのようだ。

「お前も死ねえええ」

「かっ……はっ……」

頭がボーッとする。思考が乱れ、暗闇の中で火花が舞う。鼻の奥が破裂しそうで、無意識に舌が飛びだす。死が私を囲み、笑いながら歌を歌っている。

視界が閉じてゆく。知っている丹葉の知らない顔を見上げながら、私は心の中で繰り返しえつに謝った。

ごめん、えつ。私がだめなお姉ちゃんなばっかりに……私が死んでえつが戻ってくるならいいけど……そんなわけにはいかないよね。

首にかかる力がさらに強くなり、目が霞んできた。みんな……さような

『摩訶般若波羅蜜多心経　観自在菩薩　行深般若波羅蜜多時　照見五蘊皆空　度一切苦厄　舎利子　色不異空　空不異色　色即是空　空即是色　受想行識亦復如是　舎利子是諸法空相　不生不滅　不垢不浄　不増不減　是故空中――』

「ごほっ、がはあ！」

脳に、眼球に、頬に、耳に熱が戻ってくる。気道が通ったことで大量の酸素が流れ込み、激しく咳き込んだ。

失神しそうになっていた私のまどろむ意識は、苦しみと共に一気に覚醒する。

「ぎぃやあああああ！」

丹葉は口から泡を吹き、苦悶の表情で叫んだ。この隙に逃れようとするも馬乗りの丹葉からは抜けられなかった。

「どすこい！」

妙なかけ声と共に私を圧迫していた体重が消えた。

咄嗟に地面を転がり距離をとると胸を押さえる。涙が溢れ、次第に命が体内に戻ってくる感覚に包まれる。

――般若心経……？

変わらず夜の森の中、大勢の僧たちが唱える般若心経が木霊する。全く状況が摑めないが、少なくとも私は自由になったようだった。

「りんちゃん、早く離れなさい！」

病ＴＡＲＯＨの声。どすこいと丹葉に体当たりをしたのは病ＴＡＲＯＨだったようだ。

そこから逃れる途中で雑草に埋もれる懐中電灯を拾った。

照らすと、耳を塞ぎうつ伏せで苦しむ丹葉を、上から押さえつける病ＴＡＲＯＨの姿。

そして小さなスピーカーを持って佇む人影があり、その辺りに白い煙がくゆっていた。

「馬……代さん？」

お香の香りが我を取り戻した私の鼻腔を撫でた。あの煙はお香のようだ。

「ぼ、僕は怖がりじゃない……！」

「その格好……」

　融は首に数珠を巻きつけ、幾枚もの札を体中に貼り巡らせていた。頭に巻いたハチマキにも写経してあった。まるで漫画だ。

「念のため般若心境マラソン六時間を収録しておいてよかった。Bluetoothスピーカーも思わぬ活躍をしてくれたようだ」

　念のため、というくだりに融らしさを感じた。

　滑稽な姿だが、怖がりの融がここまできてくれたということは、彼なりに決死の覚悟だっただろう。それを思うと胸が締めつけられる思いだった。

「それよりりんちゃん、鏡！」

　病ＴＡＲＯＨの声。その声で慌てて茂みを探した。

「あった！　丹葉！」

　手鏡を丹葉に向ける。丹葉は一度、びくん、と大きく痙攣したかと思うと、ゆっくり大人しくなった。

「丹葉！」

「まだです。まだ近づいちゃだめですよ、りんちゃん」

丹葉に近づこうとするのを病ＴＡＲＯＨが止めた。振り払おうとしたところに「これを見なさい」と怒鳴られた。

横たわる丹葉の体の周り……いや、体の上にお香の煙が集まり、靄のようになっている。次第に形を形成し、人の姿になっていった。

「馬代さん、これ視えてます？」

「視えてない。僕にはなにも視えていない」

嘘だ。視えていないわけがない。霊感があるとか、ないとかそういう次元ではない。靄はもはや真っ白な光体と化して、完全に人のシルエットだ。そしてそれは丹葉を見下ろすように頭を垂れている。

「孝……くんだよね」

ゆらり、とうなずいた気がした。

私はそれを認めると病ＴＡＲＯＨの手をどけた。

「ちょっとりんちゃん！」

「大丈夫です。危ないことはしませんから」

そうして私は地面をあちこち照らした。

「あった」

落ちていたそれを拾い、白い影に近づく。

「危ないよ、りんちゃん！」

病TAROHに手を振り、心配いらないことを告げる。

白い影……孝に『ドラゴンボール』の手鏡を差しだす。どこからか子供のすすり泣く声が聞こえてきた。

あれだけ怖かったはずの頭上のざわめきからだった。

「これ、欲しかったんだよね……」

『お母さん……』

ふとどこからかそう聞こえた気がした。白い靄は空へ上っていき、やがて消えた。

「成仏したんでしょうか」

「どうだろうな。そんな単純なものだとも思えないが」

「…………あっ、シャバネとえつのこと訊いてない！」

「うまくいかないものだな」

私と融の溜め息が重なる。

遠くから、パトカーのサイレンが近づいてきた。

# りんとカイタンと怪談

1

夏休みが終わる。

とはいえ、今年の夏休みはそれらしいことはほとんどしていないが。

人生で夏休みを堪能できるのがあと一度だけというのはなんだか味気ないな、と思う。

人生で最後、とはつまり進学するつもりがないということだ。

来年の高校生活最後の夏休みはえつと一緒に過ごせたらと思う。そうできるよう、私はサボってはいられない。

「大学へは行かないんですか」

いつものようにカウンターで怪談を聴いている私に病TAROH（やみたろう）が話しかけてきた。

最近知ったことだが、666（ダミアン）カフェの眼球クリームソーダは見た目はグロいが味は最高だ。眼球を模したバニラアイスにスイカ味の真っ赤なソーダは病TAROHの趣味らしく、店のイメージにぴったりだ。

「うーん、あんまり興味がないっていうか」

「親御さん、悲しみますよー」

「悲しむかな?　学費かかるし、むしろ喜ぶんじゃ……と思うんですけど」

「さーあ、どうでしょう」

今日は夏休み最後のイベントだ。

かき入れ時とはいえ、週に二度や三度のペースで怪談イベントを行うのはやりすぎじゃないだろうか。と思いつつ、融の怪談に耳を傾ける。

「丹葉くんは?」

「あー……もうちょっとしたらくるんじゃないですか」

あの一件のあと、まる一日死んだように眠り続けた丹葉だったがそれ以外は特に体の不調はない。翌日からは普段通りに戻った。

心配がないといえば嘘になるが、過度の心配は余計に丹葉に無理をさせるだけだと思い、私もまたなにもなかったかのように接した。

——そして丹葉の口から、ことの顛末を聞いた。

＊＊＊

あの日、俺は美澤に仲介してもらった女ととある店で落ち合った。

女は、落ち着いた感じの年配の主婦……という風貌だった。肩にスカーフを巻いたりして、上品な印象だ。

そこでシャバネの手鏡について訊ねると、女は例の『ドラゴンボール』の手鏡をだした。さすがにひと目でシャバネの手鏡でないことはわかった。

言いづらそうに女はこう語った。

「実はちょくちょくみさわ怪談会に遊びに行くようになって、その関係で時々怪談のイベントなんかで怪談を語ることがあったんです。それでこの鏡の話をしました」

『ドラゴンボール』の手鏡の話は確かにシャバネ系統の話と似ていた。……が、似ているだけで同系統のものではなかった。まず修行僧はでてこなかったし、それにあたる人物も登場しない。手鏡はフリーマーケットで買ったものだそうだ。

「孫が『ドラゴンボール』が好きって言ってたから、喜ぶかなと思って」

だが孫の中でとっくに『ドラゴンボール』ブームは終わっていて、せっかく買った手鏡は喜ばなかった。それなら、と仕方なく自分で使うことにした。

それからたびたび、怪異に見舞われるようになったらしい。

「時々、手鏡を覗き込むと知らない子供が映り込むことがあって……。気のせいかなって思いつつ、それでも気味が悪いから手鏡にはあまり触れないようにしてたんです。けれど夜になると、しまってある押し入れから物音がするようになって……」

決まって睡魔が意識を連れ去る頃に音がした。まどろむ意識の中、ガタガタと音がしたり、子供の声で「誰にも話さないから」と聞こえたりしたという。

眠りに落ちる直前なので、恐怖よりも眠気が勝つため翌日忘れていることも多かった。

「それに、夢なんじゃないかなって。これを怪談として話したらすごく喜んでもらえて……」

話すたびに構成を変え、徐々に脚色を加えるようになった。

それで現在は『話してはいけない呪われた手鏡』の話として、半分ほど創作の怪談になったのだという。本人は丹葉にムダ足を踏ませたことをすまなそうにしていた。

「ごめんなさい……。今の状態になった話を怪談会で話したら美澤さんが『それはきっとシャバネの話よ』っておっしゃってくれて。正直、あなたが話を聞きにくるまでシャバネの話がどういうものかもわかっていなかったの。まさか、そんな大事なことだったなんて……」

確かに徒労感はあったものの、責めたりはしなかった。俺自身もここで有益な情報が手に入ったら、棚からぼた餅(もち)程度の幸運だと思っていたからだ。

「よかったら、この手鏡あなたに譲ります。聞けば怪談の取材もされているんですよね？

シャバネの話とは違うけれど、私の話はよそで話していただいて結構ですので」

その時に実物があると説得力があるから、と渡された。

最初は遠慮したが女の意志は固かった。半ば押しきられる形で受け取ることになった。

問題はそのあとだった。

「あら、これ素敵ね」

女は俺が日ごろからつけている両手首の数珠を指差した。

「え、そうすか。なんでもないもんすけどね」

本当は違う。祖母の知り合いの偉い僧に念を入れてもらった、結構霊験あらたかなやつだ。だが外見的にはどこにでもある数珠に見えるだろう。

「へえ……ちょっと見せてくださる」

「いいっすけど」

その時だ。女は急に強い力で俺の手首を引っ張った。

バラバラと音を立て、数珠が散らばり俺は焦った。

「ああっごめんなさい！　ちょっと見せてもらおうと思っただけだったのに……」

女はオーバーに数珠を拾い集め、俺が集めた数珠も強引に奪った。

「なにするんすか」

「いえ、私が壊しちゃったものなので弁償させていただきたいの」

「いや、そんなのはいいんで返してくださいよ」

「それじゃあ私の気が収まらないわ。ここは私の顔を立てると思って、ここは譲ってくださらないかしら……」

泣きそうな顔で年配の女性からそう言われてはうなずくしかなかった。この時にもっと妙だと思うべきだった。

弁償すると言ってバラバラになった数珠を全部持って帰ろうとする行為を。

あの女も孝に操られていたのかもしれない。今となってはわからないが。


そうして俺は手鏡をもらい受け、バイクを走らせていた。

するとどうだ。フルフェイスのヘルメットの内側から「こっち、あっち」と子供の声が聞こえてくるではないか。すぐに手鏡の子供だと思った。当初は聞く耳を持たなかったが、次第に様子がおかしいことに気づく。

泣きながら「僕を見つけて」と懇願するようになった。

ハッとしてバイクを停めた。財布に忍ばせている魔除けのお守りが切れていた。それだけではない、携帯用の清め塩の袋も破れて中身の塩は空になっていたし、水晶のペンダントも水晶が弾け飛んでいた。聖水の小瓶もふたがなくなり空だった。

俺は愕然とした。それだけ強い思いで、子供は俺になにかを訴えようとしていたのか。

厭な予感はしていたんだ。なぜなら俺の霊除けの道具の中で最も威力があったのは手首の数珠だった。数珠を失うことがなにを意味するのか、本当はわかっていたのだ。

役割を果たせずに壊れた霊除けを見て確信した。俺は今、限りなく危険な状態にある、と。

スマホで近くに寺はないか探そうとした。だが常人の何十倍も霊を引き寄せる俺の体質は、必要以上に霊障を起こす。こうなった俺のスマホはもはや使い物にならなかった。当たり前のようにどこにいても圏外である。

迷った。これを無視するのか。それともせめて話は聞いてやるべきか。

無視をしたところで手鏡がそばにある限り、毎日この声に悩まされるだろう。当然、寺に持っていくべきだとわかってはいるが、一度この切なげな声を聞いてしまうと強引に成仏というのもかわいそうな気がする。

——これも縁か。

予定よりも大幅に早く終わったという心の余裕も手伝って、子供の声に従って行きたいところに行ってやることにした。

自分ができる範疇で子供の霊を満足させられるのならそのほうがいい。むしろ、今自分ができる最善策だ。子供ひとりくらい……。

スーパー霊感体質と付き合ってきた自分なりの結論だった。

そうして俺は丸腰のまま森にやってきた。

無意識に自分の少年時代を思いだした。自分だけ幽霊が視えるがために腫れ物扱いされる疎外感。ひとりでいる孤独感。分け隔てなく接してくれた幼馴染み……。

だが誤算は重なる。

森に足を踏み入れた瞬間、激しく後悔に襲われた。

そこには無数の水子の霊がいた。ここのところ札やお守り、数珠で武装していたのでストレートに霊とぶつかることはなかった。久しぶりにビリビリとくる。

札やお守りはない。聖水もない。それなのに水子が集まる森に入ってしまうとは。

突然、思念が流れ込んでくる。

まずい、一方的に向こうの思念を見せられるのはろくなことがない。急いで森からでようとするがすでに遅かった。森からでようにももはや足が言うことをきかない。俺はなだれ込んでくる映像に身を任せるしかできなかった――。

ここには昔、井戸があった。

水源の多かったこの地で、この森にあった井戸は便が悪く使われなくなった。

そこで嬰児や幼子を捨てるのに使われたのだ。

少なくとも二〇〇年は昔の話だが、ここにはとにかく子供の霊が集まる。

ざわざわと騒がしいのはすべて子供の声だ。

そして俺の耳元で囁く手鏡の子供は、母親に殺されてこの地に埋められ、まだ発見されていないと伝えてくるのだ。

案件としては最悪のケース。自らの愚かさを悔いた。

外にでられない。スマホは圏外。そして、体は自由がきかない。

自分の浅はかさを呪った。きっと融たちがこの森に立ち入ったところで圏外になりはしないだろう。すべて裏目にでてしまった。

足は勝手に子供が眠っている場所へ向かう。もはや自分の意思ではどうにもならなかった。

＊＊＊

あの森のあの場所で、孝の骨が見つかった。

その後やってきた半信半疑の警察官の表情が一変したのは見ごたえがあった。

ただ、『どうしてここに遺体があることを知っていたのか』という質問に答えるのには難儀をした。

『霊能者がいて』というのは彼らにしてみれば無理がありすぎる理由だ。

現実に人骨がでてきている以上、事件である。私は警察から長い時間事情を訊かれた。

土地の人間でないのもハッキリ言って怪しすぎる。

身元が特定されてからは、私の関与は否定された。十六年前なら私は一歳。事件との関係はあり得ないとの判断だ。

ふと、もしもえつの時、警察が出動したとすればこんなに物々しい光景だったのだろうか、と想像した。

「それにしても大変でしたね」

思わず口にでた言葉に、カウンターでチャッキー人形を直していた病TAROHが大きく同調する。

「本当ですよ！　警察官が動員されたあんな大事、あの時とその時と……あ～、そうだ。この時もあったな……。なかなか味わえるものじゃないですからね」

あの時とその時とこの時って、一体何回警察に関わっているのだ。とにかくキャラの読めない病TAROHのことだ。どんな過去があっても不思議に思わない。

それ以前に、病TAROH本人が事件に関わっていそうな風貌だ。どこからどう見ても危ない。

『Hi! I'm CHUCKY! wanna play?』

「おっ、直った」

突然、喋りだした人形にソーダをこぼしそうになる。病TAROHは満足そうにして、さも実の息子を愛でるようなうっとりした瞳でチャッキー人形を見つめた。

「これ、苦労して手に入れたんですよ〜。原題っぽく英語で喋るのがオツでしょ？　あー、リメイク版『チャイルド・プレイ』観たいなぁ。いや、でも観たくない気もするし、……どう思うチャッキー？」

だめだこりゃ。

気を取り直し、ステージに体を向ける。

満員の客は各々、ドリンク片手に融の怪談を愉しんでいる。６６６カフェは怪談の時も照明を落とさないのが特徴だ。あくまで演者の話術のみで聴かせる。

演出も必要だと融が詰め寄る場面を何度か見たが、そのたび病TAROHは「ここは僕の店だ」と聞く耳を持たなかった。

そうして今日も融は不機嫌にステージへと上がる。

「さて、我がカイタンにもついに新しい怪談師が加入いたしました。カイタンに加入したということは怪談のひとつやふたつ、持っていなければ話になりません。獅子は我が子を谷に落とすといいます。詰まるところ、試練を与えねばなりません。……とあるイベント終わりのことです。私が控え室でくつろいでいるところにひとりの女性が慌ただしく訪ねてきました」

──あ、この話……。

「えらく興奮した女性は血相を変え、私に詰め寄る。圧倒されながらも耳を傾けるとどうも『怪異が起きている』『困っている』『相談がしたい』などという旨のことを言っている。……待て。私は怪談師であって霊能者ではない。だが新しい怪談の気配というものを肌で感じてしまっている。

気づけば……。

私は彼女の話を聞いていた。興奮しているからか一聴すれば支離滅裂な話だが、落ち着いて頭の中で順序だててみるとこういうことだった。

他界した祖父が晩年、『爪墓はどうだ』とよく訊いてきた。病床で意識も朦朧としている中、会話も成り立たない状態なのにそれだけはいやにはっきりと訊く。だが、それについて訊ねても要領を得ない答えが返ってくるだけだった。

その後、祖父は他界し葬儀にて荼毘に付した——が、なぜか爪だけが焼け残った。……ありえない。骨まで白く焼く窯で、骨より脆い爪だけが残ることなど。しかも、一、二、三、四……十九。なぜか一枚が足りない。その場はなんとも言えない空気になった。誰もそれを口にしたがらない。だがきっと祖父をよく知る者はみんな頭によぎっただろう。

『爪墓はどうだ』という祖父のあの言葉を」

観客はみな、集中して話を聴いている。この話のモデルになったあの女もこの中にいるのだろうか。聞けばカイタンのファンだというが。

——そういえば爪墓の件以来会ってないな。

少し気になったが、私は再び融の語りに耳を傾けた。

この取材のあと、これを私の怪談として語っていいと言われたが、私はそれを固辞した。あんな、なにも起こらなかった話。それを、どのようにしたら怪談にできるのか想像もできなかったからである。

なにをどう考えてもそれを恐ろしく聴かせられる自信がない。おそらくプロの怪談師……たとえ融であっても不可能だ。そう思いこんでいた。

だがどうだろう。今、私が聴いているこの話は紛れもなく怪談だ。全部、知っているはずなのにこのあと、どんな恐ろしいことが起こるのかとドキドキしてしまう。

ただ単純に融の語りが優秀だという話ではない。思いが乗っている。純粋に『怪談を愉しむ』という思いだ。それが恐怖に結実している。

構成も事実をもとにしながらより効果的に編集され、登場人物のセリフ回しも無駄をそぎ落とし、必要な情報だけにまとめられていた。それでいて日常生活を感じさせるなんでもない言葉はわざと残す。

見事に『目には視えない、得体の知れない「爪墓」に翻弄される話』として語りきった。

語り終わりに融はほんの一瞬、カウンターに座る私に視線を送る。

『これが怪談だよ』

そう語りかけているように見えた。

観客から盛大な拍手を送られ、話の満足度が窺い知れる。

『これはりんちゃんの話だ』と言っておいて、自分が語るなんてずるい。語る気もなかったはずなのに、なぜか私は悔しさを覚えた。その悔しさの正体はわからない。だがその瞬間、融の真意がわかった。私を焚きつけるためだ。

「さて、立て続けにみっつ怪談を聴いていただきました。今語ったばかりのお話に初めて『カイタンの新しい怪談師』というものが登場したことに、お気づきの方もおられるかと思います。これまでは私ひとりの活動で、レーベルを『カイタン』として参りましたが、ようやくグループとして『カイタン』を名乗れることになりました。私どもはいわゆる怪談結社でして、怪談に携わるものしか加入条件を満たしません。つまりは……私以外の語り手として育成しているところです」

融がカイタンと新しいスタッフについて語りはじめ、私は厭な予感がした。

「ちーす、師匠遅れてすいません。実家の手伝いで配達にでてて……あれ？　どうしたんすか」

遅れてやってきた丹葉が私の表情を見て疑問を投げた。

そばで顔を覗き込む丹葉を無視して、融の言葉に耳を傾ける。この予感が外れるように祈る。

なぜならまだ早い。まだ早すぎるのだ。

「まだまだ未熟ですが、なかなか見るところのある人材かと思います。なにより現役女子高生……ＪＫ怪談師とでも名づけましょう。私生活でも学友から『キタロー系女子』と呼ばれる筋金入りの怪談バカ。今夜は彼女のデビューとして、ひとつ語っていただきましょう」

や・め・ろ！　と口パクで訴えるが融はスルーだ。気づいていないのではない、無視している。

「いいねえ、りんちゃんの怪談、やっと聴かせてもらえるんですね」

「お、師匠。もうデビューっすか、さすがっすね」

困り果てた私と眼球アイスの目が合う。眼球アイスは、文字通り冷たい目をしている。

「では温かい拍手でお迎えください。カイタン期待のＪＫ怪談師『シャバネのりん』です！」

ステージの融が見たこともない満面の笑みで私に向かって手を差し伸べた。悪意の塊のような笑顔に初めて殺意が湧いた。

だが私のそんな思いとは裏腹に観客たちは一斉に振り返る。何十個もの瞳と目が合い、メドゥーサに睨まれたような気分を味わった。

「ほら、なにしてんすか師匠。ステージに上がってくださいよ」

「りんちゃん、緊張しないで。緊張するほどお客さんいないですから」

論点がズレてる。人数の問題じゃない。それと丹葉、急かすな。

「うう……」

カウンターの椅子から一歩降りるだけで心臓が喉から飛びだしそうになった。

「真っ黒な髪、真っ黒な服、真っ黒な靴、片目だけ覗いた儚げな顔……。まるで怪談を語るために生まれたかのようです」

なにを勝手なことを言っているのだ。完全に面白がっているではないか。

極度の緊張で涙がでそうになる。唇を噛みしめ、ゆっくりとステージへ向かう。

『え、なに？　最初からそういう話でカイタンに加入したんでしょ？』という白々しい顔の融。その通りだが、わかっていても想像と現実とでは天と地ほどの差がある。というより、こういうのは順序があるはずだ。

なんの心の準備もさせず召喚するとは、性格が悪い。

——だから、やたらと６６カフェにこさせていたのか！

かなりコンパクトではあるがモーゼの十戒然に人が割れ、道ができる。それを進みながら唐突に腑に落ちた。

「いい顔してるじゃないか、りんちゃん」

ステージに上がった私のそばで融は囁いた。顔から火がでそうな思いだ。

「では、お聴きください」

融はそう言って袖へ引っ込んだ。改めてステージの上、観客に向き合う。

眩いスポットライト。浴びせられる視線。観客の期待が熱気となって伝わってくる。初めての経験だった。

ぞわっ、と背に走る震え。生えてもいないのに背中全体に毛が逆立つ感覚。

さっきまで融が座り、怪談を語っていた椅子に腰をかける。自然に深呼吸が起こる。視界が広く開けた。

「え……っと」

マイクを通した私の声に驚く。大きい。当たり前の感想にまた驚く。

思えば、こんなにもたくさんの人の前で、注目されながら話をするのなんて、今までなかった。これからもない、と思っていた。

ねえ、えつ。

あなたが今の私を見たら、きっと驚くだろうな。そして、きっとキラキラと目を輝かせて、応援してくれるんだろうな。

話すよ、えつ。あなたの話を。

# シャバネの鏡

語り・戸鳴りん

好奇心は猫を殺す――といいます。

普段は疑り深く、警戒を怠らない人ほど、目先に吊るされた『興味』には逆らえない。

こと、その興味の対象が『畏怖』であると、さらに顕著です。

みなさんは『怖いもの見たさ』という感情はご理解できますでしょうか。まさにそれは……怖いもの見たさそのものだったのだと思います。


とある県。とある町。とある学校に通う女の子のお話。

混乱なきよう、この子を仮に『Aちゃん』、としておきましょう。

Aちゃんはその日、学校が終わるとお友達のBちゃんと一緒に下校しました。Bちゃんとは、いつも町の神社の前で別れるんです。

そして、Aちゃんは鳥居をくぐって境内を通り抜け、よいしょっと……と低い手すりをまたぐ。家までのショートカットになっていたわけです。

そのルートがすっかり習慣になっていたAちゃんは、いつものようにBちゃんと別れたあと、鳥居をくぐって境内に入る。すると境内には人だかりがありました。自分と同じくらいの子供たちがひとりの大人を囲んでいました。

その人物は、一見すると修行僧の格好をしていたそうです。三角の笠をかぶり顔は見えないのですが、こちらをじっと見つめている気がする。

訝しみながら修行僧のそばを横切ろうとした時、

「ちょっと」

と突然、呼び止められたそう。

「なあに」

恐る恐る様子を窺いながらAちゃんが立ち止まると、修行僧は黙って手招きをしている。Aちゃんはもう一度、「なあに」と訊ねました。

「君も聴いていくといい」

〝知らない人についていってはいけない〟。今も昔も、耳にタコができるほど、子供は毎日のように言われる言葉です。

ですが彼の周りにはたくさんの子供がいる。知らない人だけど、きっと大丈夫だろう。

その思いがAちゃんの警戒を緩めたのでした。

「みんなと一緒に楽しもう」

「……ちょっとだけなら」

修行僧に近づく。Aちゃんは間近でその姿を見ました。

遠目から見てもわかっていたのですが、格好はとても汚れていました。泥で汚れた足元は、茶色やら灰色やらのシミだらけ。首から下げた分厚い布袋はところどころ穴が空いてほつれた糸が飛びだしている始末。

どんな顔をしているのだろうと見上げてみるのですが、逆光で顔はよく見えません。けれど内心、Aちゃんはわかっていました。顔が見えないのは逆光のせいではないということに。笠の下、そこだけがぽっかりと穴が空いてしまったように真っ暗だったのです。

「怖い話、好きかね」

「好き」

修行僧は満足そうに一度うなずくと、Aちゃんにこう語って聞かせました。


【シャバネ】という場所がある。そこは誰もが知っていて、誰も知らない土地にある。つまり、死の世界に最も近い。

だが勘違いしてはだめだ。そこは死の世界に近いのであって、死の世界そのものではない。なぜなら【シャバネに入った者】は、この世から消えてなくなる。そして、その者が消えてなくなったことに誰も気づかない。

逆に言えば、その者がこの世にいたことすら誰も知らない。覚えていないのではない。知らないのだ。

だから【シャバネ】には行ってはならない。指先で触れただけならば大丈夫。だが一歩でも足を踏み入れれば最後。お前は【シャバネ】に攫われるぞ。

それでも【シャバネ】に行きたいか。それは病と同じぞ。

いいか、この鏡を夜中に覗き込むな。零時を過ぎたらばもっとダメだ。この鏡は【シャバネ】に通じている。持っているだけなら厄からお前を守るだろう。だけど覗くな。

決して、決してだ。

いいか、【シャバネ】は本当にある。【シャバネのヤマイ】に侵されるな。

それにはふたつ、守ること。

この話を誰にも聞かせるな。この話を誰にも話すな。

やぶれば【シャバネ】が攫いにくる。この世からお前を攫いにくる。

修行僧はそう言ってAちゃんに手鏡を渡しました。

話に聞き入っていたAちゃんは無意識にそれを受け取ると、慌てて我に返って修行僧に返そうと見上げたのです。

「あれ……？」

修行僧の姿はどこにもありません。忽然と、目の前から嘘のようにいなくなってしまったのです。

「え、なんで？」

見れば修行僧だけではなく、彼を囲んでいた子供たちもいない。

Aちゃんは青ざめ、その場から駆けだすと脇目も振らず真っすぐ家に帰りました。

「おかえり」

Aちゃんには四つ年上のお姉ちゃんがいました。

「どうしたの？」

ただいまもなく、今自分が閉めたドアに背中を張りつかせながらぜえぜえと肩で息をしているAちゃんを見て、お姉ちゃんは不思議に思いました。

「……オバケ、見た」

「オバケ？　なに言ってんの。今まだ明るいよ」

「うん。でもね、本当なの。……いた。お坊さんのオバケ」

お姉ちゃんは、思わず噴きだします。『お坊さんのオバケ』という言葉が、なんだかアンバランスに思えて笑えてきたのです。

「本当なんだって！　しょ、証拠だってあるんだから」

修行僧から渡された手鏡を突きだし、Aちゃんは自分が本当のことを言っていると主張しました。

確かにAちゃんの持っている手鏡は古臭く、黒ずんでいて、鏡にもひびが入っているような気味の悪いものでした。お坊さんのオバケから渡されたと聞かされなければ、ゴミ捨て場から拾ってきたと勘違いするほどに汚らしいものです。

「それで信じろってほうが難しくない？」

「本当なんだって。お姉ちゃん、信じて！」

泣きそうな顔でAちゃんは訴えます。お姉ちゃんは半信半疑で完全に嘘とも断定しきれなかった。Aちゃんは妄言を吐いたり、平気で嘘を吐くタイプではないと誰よりもよく知っていたからです。

「わかったよ。じゃあ、話してごらん」

「でも……この話を誰かにしたらだめだって……」

「大丈夫だよ。私がいるし、ここにはふたりしかいない。お父さんもお母さんも夜まで帰らないから」

お姉ちゃんが泣きそうにしているAちゃんの肩に手をのせて、心配ない、と笑ってあげるとAちゃんは不安だった心がほぐれていく気がしたのでした。

そして、Aちゃんはさっきあったことのあらましを語ったのです。

学校帰りの神社。境内にいた不気味な修行僧。渡された手鏡。喋るとこの世からいなくなる怪談。

真剣な表情で語るAちゃんの話をお姉ちゃんは黙って最後まで聞き遂げました。何度も光景を思いだし、言葉を詰まらせるAちゃんでしたが、お姉ちゃんが聞いてくれているだけで、徐々に落ち着きを取り戻し、話が終わる頃には笑顔も零れるようになっていました。

「ほらね、大丈夫だったでしょう」

お姉ちゃんはAちゃんに笑いかけると、同調するようにAちゃんも笑い返します。

こんな話は本当じゃないんだ。あんな話なんてあるわけないいんだ。

あの修行僧とのことだって、考えすぎただけかもしれない。

この手鏡だって……。

——手鏡？

たとえ境内での出来事をなかったことにしても、実際に手元にある汚れた手鏡だけは確かにそこに存在する。拾ったものだとは到底思えなかったのです。

手鏡がある限り、やっぱり修行僧のことは本当なのだと現実に引き戻されました。

「心配しなくていいよ、私がこの手鏡を捨ててきてあげるから」

妹の心配を察したお姉ちゃんは、Aちゃんが手に持っている手鏡を取るとひび割れた鏡面を見ました。

……お姉ちゃんは、ギョッとして固まりました。

笠を被った修行僧が、お姉ちゃんとの距離を無視してそこに映り込んでいたのです。

「話したな」

くぐもった、獣（けもの）の唸（うな）り声のような、心臓を凍らせるような感情のこもらない声でした。

「A、逃げて！」

お姉ちゃんが叫んだのと同時に、鏡から修行僧の手がにゅうっとAちゃんに向かって飛びだしてきました。お姉ちゃんは咄嗟（とっさ）に手鏡を放り投げましたが、伸びた腕は接地した地面に掌（てのひら）をつき、踏ん張るように力むとぐぐ……っ、と上半身を引っ張りだす。

このままではすぐに全身が現れる！

信じられない光景の中、お姉ちゃんは恐怖よりもAちゃんを守らねばならないという責任感が上回っていました。

Aちゃんのほうを振り向くと妹は放心したように、尻もちをついたまま所在なさげに宙を見つめていました。その目は、血が噴きだしたように真っ赤で、口からはだらしなく伸びた舌が垂れています。ひと目で意識が朦朧としているのがわかりました。

「A！」

お姉ちゃんが名前を呼んでも、Aちゃんは「あー」とか「うー」としか反応しません。腕を摑んで立たせようとしますが、だるだるに力が抜けたAちゃんは立つどころか余計に地面に沈んでいきます。

「A、しっかりして！　A！」

ざっ、ざっ、と草履が土を踏むような足音が近づき、いよいよお姉ちゃんは危険を感じます。修行僧は、すぐそこにまで近づいているのです。

「この子供はもらってゆく」

その声を最後に、お姉ちゃんは意識を失ってしまいました。

――それからしばらく経って、お父さんとお母さんの帰宅でお姉ちゃんは目を覚ましました。

部屋中を見回してみるけれど、自分以外の人影はない。

慌てて妹の姿を探す。家中、探す。いない。いない。いない。

その様子を訝しげに見守りながら、「なにを捜しているの」とお母さんが訊いた。

「A。Aがいないの。見なかった？」

トイレ。クローゼット。テレビの裏。洗濯機の中。いるはずもないとわかりきっているような場所も隈なく探した。

その姿を見つめながら、お姉ちゃんの質問に答えたのはお父さんでした。

「A？　お前の友達か？」

息を呑む。時間が止まる。

いま、なんて言った？

心の中で自分が自分に問いかける。

「あなたの友達にA、なんていたかしら。初めて聞いたわね。同じクラスなの？」

次はお母さんがそう言った。

お姉ちゃんは思いました。どんな悪ふざけだろう。そんなはずないだろう。娘の名前を忘れる親なんて、いるはずがない。

両親は真顔でした。真顔で、Aちゃんの存在を知らないと主張する。

白を切るならAちゃんがいたという証拠を突きつけてやればいい。怒りにも似た焦りでAちゃんの部屋に駆け込む。

……ない。

ない、ない、ない。

ない!

部屋には、Aちゃんのものは一切なくなっていました。カバンも、机も、ベッドも、お気に入りのアニメのポスターもすべて。全部、最初からなかったのだとあざ笑うように、何もなかったのです。

代わりにあるのは箱にしまったままのバーベキューセットや、埃を被ったダンボール箱の数々。

「なんで……」

力なくつぶやいたお姉ちゃんでしたが、翌日からさらに驚くことになります。

学校からも、町からも、友達からも全部、まるごとAちゃんの存在が消えてなくなっていたのです。

Aちゃんという妹がいたことがまるで夢だったかのように、誰もその存在を覚えていない。いいえ、知らない、という。

本当に、『あの話』をして人がひとりいなくなってしまったのです。ただいなくなっただけでなく、存在そのものがなかったことになってしまった。

Aちゃんがいたという記憶はもはやお姉ちゃんしか持っていませんでした。

時間が経てば経つほどに、お姉ちゃん自身も、本当に自分に妹がいたのか疑わしく思うことも増えていきました。

ですが、Aちゃんが消えたあの日の記憶が真実だということは揺るぎません。

なぜなら、たったひとつだけAちゃんの所持品が残っていたのです。もう、おわかりですね。

そう……手鏡です。

ちなみにその手鏡ですが……今、私の手元にあります。

この話には後日談がありまして。

実はお姉ちゃんはこの手鏡を持ってAちゃんの友達や知り合いに、Aちゃんのことを訊いて回ったのだそう。

すると訊ねた人の何人かが、Aちゃんと同じように消えてしまった……というんですね。

訊かれた人の中に、消えた人とそうでない人がいる。おかしく思ったお姉ちゃんは考えてみました。

その結果、ひとつのことがわかったんです。

この話、手鏡を持ったまま聞かせると……怖がった人だけを攫いにくる、ってことなんですよね。

みなさんの中で、この話が怖いと思ってしまった方はいらっしゃいませんか。

できるだけ怖くないように話したつもりですが……。


ご清聴、ありがとうございました。

# エピローグと丹葉とことの真相

リンの怪談は圧巻だった。

これまで聴いた怪談と比べて技術がどうとか、構成がどうとか、そんなことは正直よくわからない。

俺もリンと一緒に怪談稽古をしているが、未だにその辺のことはちんぷんかんぷんだ。

だがひとつわかるのは怪談は、怖い、面白いと思うことができればそれで大正解だということ。

これだけが今まで学んできたことの真髄（しんずい）であり、おそらくそれは正しい。

そういう観点から見るなら、リンの怪談は完璧だった。怖い。面白い。吸引力がある。

カウンターの向こうの病ＴＡＲＯＨ（やみたろう）と目が合うたび、その目が語りかけてくる。

『どうせりんちゃんにだけ特別なフィルタをかけているんだろ』

ああそうですがそれがなにか?

好きな女にフィルタがかかっていない男がどこにいるというんだ。だが、それを差し引いてもいい怪談だったと思う。

実際、観客も沸いていた。いけ好かないあの野郎（融）も手ごたえを感じていたのではないか。

——ずっと怪談にハマっててくれりゃいいのに……。

俺はずっとリンのことを見てきた。だからわかる。最近のリンは見境がついていない。

妹を助けたいという一念がリンを危険に誘っているようにさえ思う。危なっかしいが止めても妹を救うからときかない。そのたびに俺は言葉を飲み込み、黙って従うのだ。

「お疲れっす師匠」

観客の盛大な拍手に送られ、リンはステージを降りてカウンターへ戻ってきた。

「丹葉（たんば）……」

前髪の隙間（すきま）から覗（のぞ）く大きな瞳が俺を認めて緩む。初めて見る表情だった。ずいぶん緊張していたらしい。

「本番に強いタイプすか」

「どうだろ……どうだった？　つまんなくなかった？」

「なに言ってんすか。会場超沸いてたじゃないすか」

そうかな、とリンは笑う。いつもと違う、気が緩みきった顔だ。極度の緊張から解き放たれた反動が表れたのだろう。

リンはカウンターに突っ伏した。

「あー……疲れたぁ～」

「眼球クリームソーダ、飲みますか。奢（おご）りますよ」

「さっき飲んだ」

「そっすか」

カウンターの病TAROHが冷たい水をリンに渡し、ねぎらいの言葉をかけた。リンは素直に礼を言っている。

「今日は遅かったね、ゴリラくん」

癇に障る声。振り返ったそこに融がいる。臙脂色の着物を着こんでいるがひょろっこい痩せ体形は隠せていない。融のような痩せ体形に着物は似合わない。俺から言わせれば衣ばかりで和尚はできぬ、だ。

「やってくれましたね……最大級の意地悪ですよ」

恨めしくリンが文句を言う。融は涼しい顔だ。爬虫類みたいな目つきが嫌いだ。

「ともあれ、これで晴れて怪談師デビュー完了だね、りんちゃん。僕からもお祝いをあげよう」

「え、なんですか」

期待に膨らんだ声でリンは跳ね起きる。ものに釣られるタイプじゃないだろう、と人知れず突っ込みを入れる。だめだ、どうにも融がいるとイライラする。

融は着物の袖に手を突っ込み、もぞもぞとまさぐったかと思うと中から取りだしたものをリンに差しだした。

「どうぞ」

「いらないです」

「カカオは心を落ち着か――」

「くどい」

ならばと融は差しだしたチョコの包み紙を解き、自分の口に放り込んだ。

「んまぁ……」

キモ！

大の大人がチョコ食って顔ベロベロにさせてんじゃねえよ。毎度、この顔をするが普段とのギャップがありすぎて受けつけない。

「それにしても恩人に対して、目つき悪いよ。ゴリラくん」

「心外だな。あんたに言われるとは」

「そのうち正すかと思って言わなかったけど、十も上なんだから言葉遣いは考えたほうがいいな」

「へえ、そんなつまんねーこと気にするんだな、このチンパンジーは」

融は呆れたように溜め息を吐き、俺のことを無視した。こういうところがいけ好かない。いつでも人を上から見やがって。だが――。

「こないだは助かった。そのことは礼を言ってもいいと思ってる」

「ちょっと丹葉！　ちゃんとありがとうって言わないとだめでしょ！」

「そんなこと言えないっすよこんなやつに！　これでも最大限頑張ってのことなんすから！」

「りんちゃんの言う通りだ。素直に言うんだね、ウホウホって。あ、ゴリラ語わからないから適当に言ってしまったよ。ごめんね」

「はあ〜テメエ！　マジで殺すぞ！」

「ほう、腕力で君に勝てないから僕はあくまで自分の得意分野でやり返しているつもりだったが……同じ土俵に上げなければ喧嘩もできないのか。思ったよりウホウホだな」

これだ！　これ！

なんでこんなことが言えるんだ！

それに森での件は病ＴＡＲＯＨのほうが役に立っている。この男だけのお手柄ではないのだ。……たぶん。

そうだ、車をだしたのも運転したのも病ＴＡＲＯＨだし。全部病ＴＡＲＯＨのおかげだ。

よって俺はこの男にありがとうなど言わないでいい。

「デビューの舞台としては充分だね。お疲れ様、りんちゃん」

大体、りんちゃんってなんだ。馴れ馴れしい。

「こんな緊張するの、まだやらなきゃだめなんですか……」

「しょうがないだろう。もはや僕も君たちと一蓮托生だ」

「どういう意味なんだよそりゃ」

「つまり……僕は君たちの仲間だ」

「憧れてるんですか、そういうの」

融の顔が赤くなる。まさか本当にリンが言った通りなのか。

「とにかく今回勝手に取材へ出向いたことには目を瞑るが、今後は相談くらいしたまえ。プロにはプロのアドバイスがある」

「怖がりがよく言うぜ」

「怖がりじゃない。信じてないだけだ」

手を叩くと融はタブレットを取りだし、俺とリンを手招きした。

「新しい情報を入手したんだ。岡山なんだけどね、ここに『シャバネの石』を持つという人物がいるらしい」

本当ですか！　と隣でリンが叫んだ。耳がキンとするが悪い気はしない。

本当かよ……というのが俺の正直な気持ちだ。

「信ぴょう性は五分五分だね。だけど、この人物は気になることを言っている。『シャバネがなにかを知っている』というんだ」

「『シャバネがなにかを知っている』……？　それって」

「君の妹が消えて、その体ごとどこかに飛ばされていると仮定するとしよう。ならばその体はどこに行っているのか。もしかするとシャバネというのはその場所に続く重要なキーワードなのかもしれない。もしくは、シャバネそのものが場所の名前だという可能性もある」

「その人の居場所、知っているんですか！」

　まあね、と融は鼻を鳴らした。いけ好かない男だ。

「遠いが行くかい？」

「当たり前です！」

「よし、ならばすぐにでも手配しよう。……ん？　そういえば夏休みはいつまでかな、りんちゃん」

「夏休み？　ああっ！」

　リンが目を真ん丸にひん剝いて「宿題！」と叫んだ。

「八月が終わるまでもう一週間もないっすよ」

「どうしよう……どうしよう丹葉！」

「どうしようもなにも、そりゃあ……」

「しょうがないな。僕が教えよう」

本当ですか！　とリンの声が弾む。

「だめに決まってんだろうが。俺が教えてんだよ」

「君、大学どこだっけ」

「関係あんのか！」

「あるだろう。大ありだと思うね。ちなみに僕の学歴を教えよう。迎央義塾(げいおうぎじゅく)大学環境情報学部――」

「関係ねえんだよ、そんなもん！　ねえ、師匠」

「え……そうかな……」

愕然(がくぜん)とした。そんな顔するなよリン……。

ふと融と目が合った。すぐに目を逸(そ)らされたが、なにか言いたそうだ。

「なんだよ」

「なにも。さあ、もうすぐ二十二時になる。今日は帰るといい」

「本当だ！　丹葉、帰ろ」

　病ＴＡＲＯＨに手を振られ、俺たちはドアに向かった。

「了解っす」

「丹葉くん」

「なんだよ」

　融が手招きをしている。どうせろくなこと言わないだろうと思いつつ近づくと、俺の耳元に唇を寄せてぴたりと動きを止めた。

「君、嘘吐いてるだろ」

「は？　なに言ってんだ」

「君はりんちゃんの妹なんて知らない」

　息を呑み、顔を見合わせる。融は無表情のままだ。

「バカ言ってんじゃねえよ！　そんなわけ……」

「お疲れ様。取材の件は宿題が片づいてから打ち合わせしよう」

　融は一方的にそう告げると、あとは聞く耳は持たないとばかりに背を向けた。

「待て馬代、俺は」

「丹葉ー。なにしてんの？」

　融の言葉に食い下がろうとしたところでリンが俺を呼んだ。

「さっき馬代さんとなに話してたの」

「いえ、別に」

「どうせまた厭味でしょ。本当、仲悪いよね。これからもお世話になるんだから仲良くしてよ」

エレベーターの中、リンは融の話をしていたが、俺は内心それどころじゃなかった。一体、どこで悟られたのだろうか。

「ごめんね、丹葉」

「え、なにがすか」

「えつ……ううん、私たちのために色々巻き込んじゃって。こないだも、危ない目に」

「やめてくださいよ、俺が悪かったんす。師匠と別行動を提案しておいて、自分があんな目に遭ってちゃ世話ないすよ。そういう意味じゃ俺が謝るとこっていうか」

「ごめん。えつが、えつが戻ったら……たくさん、恩返ししなきゃ」

リンは笑った。それに返す言葉を探している間にエレベーターが開いた。

「あの……師匠」

二歩前を歩く後ろ姿に呼びかける。

リンは振り向いた。ずっと見つめ続けたその姿は、あの頃からまったく変わらない。

「いえ、宿題、とっとと終わらせましょう」

「ありがと」

夏休みが、終わる。

了

今作の執筆にあたり、取材に協力いただいた
ひらかた怪談サークルのみなさまに
深く感謝を申し上げます。

——最東対地

集英社オレンジ文庫をお買い上げいただき、ありがとうございます。
ご意見・ご感想をお待ちしております。

● あて先
〒101-8050　東京都千代田区一ツ橋2-5-10
集英社オレンジ文庫編集部 気付
最東対地先生

# カイタン

怪談師りん

集英社
オレンジ文庫

2021年6月23日　第1刷発行

著　者　最東対地
発行者　北畠輝幸
発行所　株式会社集英社
〒101-8050東京都千代田区一ツ橋2-5-10
電話【編集部】03-3230-6352
【読者係】03-3230-6080
【販売部】03-3230-6393（書店専用）
印刷所　凸版印刷株式会社


ISBN 978-4-08-680392-2 C0193

秋杜フユ

# 推し飯研究会

一人暮らしなのに料理嫌いの女子大生・
佳奈子がひょんなことから入ったサークルは
『推し飯研究会』。みんなの推しへの愛を語り、
推しにまつわる食べ物を食し、推しがいかに
尊いかを実感するという不思議な活動だが、
意外と居心地が良くて…?